배짱도 실력이다*

배짱도 실력이다*

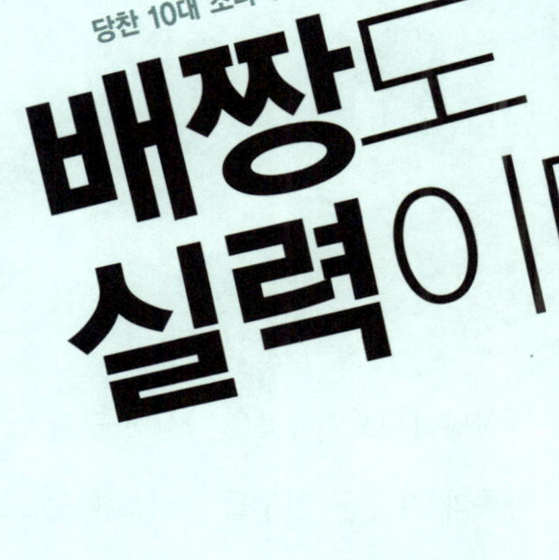

배짱도
실력이다

박혜림 지음

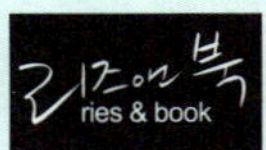

preface

사랑하는 사람들에게

안녕하세요? 이곳은 항상 포근한 날씨와 따뜻한 햇살이 가득합니다. 내 가족과 친척들, 친구들 그리고 나를 도와주셨던 모든 분들의 도움이 있어 나는 이 자리에 서 있습니다.

한국에 있을 때는 언제나 한국을 떠나고 싶었어요. 조그마한 나라에서 매일 평범하게 반복되던 생활이 갑갑했다고나 할까요. 지금 생각하면 나를 행복하게 만들었던 것이 너무 평범하고 일상적인 것이기 때문에 행복이라고 생각하지 못했습니다. 그런데 미국에 가자마자 한국을 언제나 그리워 했습니다. 선생님 몰래 수업 시간에 졸던 기억과 친구들과 함께 돌아다니던 일 등이 추억이 되어 내 눈에 보이곤 했습니다. 그 당시 나는 왜 이런 조그마한 것들의 소중함을 몰랐던 것일까요?

그렇게 떠나고 싶었던 한국을 누구보다 사랑하고 있었다는 것을 알게 되었습니다. 내가 소속되어 있는 곳. 어디에 있든 내 나라가 있다는 사실이 그렇게 든든할 수 없었습니다. 튼튼한 뿌리가 있기 때문에 나는 그 많은 가지 중의 하나가 되어 저 멀리 하늘로 뻗어나갈 수 있었던 것이구나.

그리웠기 때문에 잊으려고 노력했습니다. 내가 만났던 현실은 생각보다 훨씬 잔혹했습니다. 말도 안 통하는 나라 공항에서 짐을 잃어버리기도 했고, 알아듣지도 못하는 수업 시간에 낯선 아이들과 같이 공부해야 했습니다. 한국에서는 하고 싶은 일들을 다 하고 살았는데 이제는 남들과 더불어 살아야만 하더군요.

어머니께서 내 작은 짐 가방 안에 편지를 넣어두셨다는 것을 알고 있었습니다. 미국에 처음 도착했던 날, 단 한 줄만 읽고 다시 집어넣어 버렸습니다. 아직 본론이 시작되지도 않았는데 눈물이 나서 앞이 안 보였고 다 읽으면 혼자라는 생각이 더 심해질 것 같았기 때문입니다. 한국에 와서 짐 정리를 할 때 어머니께서 이렇게 묻던 기억이 납니다.

"너 미국에 가서 이거 꺼내보지도 않았지?"

"어머나, 그런 게 있었어?"

죄송해요. 그것은 진심이 아니었어요. 저는 그 편지를 눈으로 읽지 않고 마음으로 읽었습니다. 어머니께서 저에게 하시던 말씀 하나하나가 전부 그 편지에 담겨 있을 것이니까요.

　한국으로 돌아와서 부모님과 동생, 친구들을 놀라게 해주려고 일부러 이상하게 행동했던 것 죄송해요. 사실 이런 의도도 있었지요. 나는 그곳에 가서 이만큼 노력해서 이 정도로 자랐으니까 더 이상 아기 취급을 하지 말아 달라. 나는 더 이상 예전의 내가 아니다.

　그러나 미국에 다시 오고나서 예전의 '나'로 돌아왔답니다. 생각해 보면 한국에 있는 이들을 더 오래 전에 알았고 더 정겹고 편하니까 마구 행동했던 것이 아닐까요. 요즘 들어서 반성하고 있어요.

　미국 사립 학교에서 공부를 하니까 죽을 것 같더군요. 매일 산더미 같았던 숙제와 시험들. 밤을 새도 끝내기가 힘들어 아침에 불안하게 걸어 들어가던 학교. 첫째 주는 밤마다 눈물을 너무 많이 흘려 눈물이 나지 않는 날이 더 이상하게 느껴졌답니다. 눈물을 흘리면서도 이러면 눈 앞을 가려 숙제를 못하는데 싶어 왼쪽 손은 아예 손수건이 되어 버렸습니다. 이제는 여기에서의 삶의 방식이 서서히 몸에 배였답니다. 내가 나 같지가 않아 거울을 보면서 피식 웃습니다. 저 아이는 도대체 누굴까.

앞으로도 많은 시련이 내 앞에 있을 것 같네요. 이제는 그런 것들이 당연하게 느껴집니다. 그리고 무섭지도 않습니다. 제가 무슨 일을 하든지 한결같이 제 옆에서 함께 걸어갈 사람들이 있으니까요. 부끄러워 말로는 못하고 가슴속에서만 항상 메아리치는 말들.

"고맙습니다. 그리고 사랑합니다."

혜림이가 드립니다.

contents

새로운 세상의 문을 열다

미국인, 미국문화

contents

더, 이상 소녀가 아니다

신세계, 나는 눈을 넓혔다

1 새로운 세상의 문을 열다

America

ABC
dream
Schoolbus
America

"너 어제가 수능이었는 거 알아?"

"어… 어제 친구랑 이야기 나눴어. 언어 영역이 되게 어려웠다더라."

"언어 영역 끝나고 나서 쉬는 시간에 아이들이 많이 울었다고 그러더라."

나라와 나는 19살, 한국에 있었다면 수능시험을 치렀을 그런 나이이다. 얼마 전 같이 카운슬러의 방에 가서 대학 진학 지도를 받았다. 나라와 나는 같이 듣는 수업이 있고 또 고민을 같이 하는 '대학'이라는 큰 문제가 있어 굉장히 가까워졌다. 나라는 GPA가 거의 4.0에 가깝다. 한국에 있을 때 중학교에서는 전교 회장이었고 성적도 전교 1등을 달렸다고 한다. 한국에서 공부 잘했다는 것은 알고 있었지만 그 정도였을 줄이야.

수능 이야기를 하고 대학 진학 지도를 받으면, 나를 한국 고등학생의 모습으로 되돌려 놓는다. 지금은 상관이 없는 일이 되었지만 만약에 내가 한국에 있었다면 어떻게 되었을까 하는 생각이 든다.

우리나라 학생들은 3개의 신분으로 나뉘어져 있다. 공부를 아주 잘해서 선생님들의 사랑을 받는 특별한 아이들, 공부도 보통 노는 것도 보통인 평범한 아이들, 완전히 노는 쪽으로 나선 주변부 아이들. 물론 나는 평범한 아이 축에 속했었다.

어떻게 하다 보니 공부를 잘하는 친구들과 친해졌는데 그러다 보니까 개들이 누리고 있는 특권들이 보였다. 개들은 일단 실장 부실장을 뽑을 때 자신의 이름을 후보자 명단에 올릴 수 있는 특권이 있다. 실장 부실장 뽑는데 왜 성적이 꼭 필요한지 모르겠다.

개들은 클럽 활동을 할 때 또다시 그곳의 리더가 된다. 개들에게는 이런 것들이 꼭 필요하다. 왜냐하면 그런 활동에 가산점이 붙기 때문이다. 이런 친구들은 미술이나 음악 같은 과목의 실기 시험을 칠 때면 거의 스트레이트 만점을 받는 놀라운 모습을 보여주기도 한다. 처음에는 이 아이들이 모두 소질이 있는 줄 알았다. 그런데 그게 아니었다. 학원을 다니면서 배웠기 때문이기도 하지만 선생님들이 개들의 성적을 위해서 일부러 점수를 잘 주기도 한다는 것이다.

내가 행복해질 수 있는 곳이 한국이었다면 한국을 떠나지 않았을 것이다. 한국에서 공부해도 미국에서 이룰 수 있는 만큼 보장받을 수 있었다면, 한국을 떠날 이유가 없었을 것이다. 미국으로 공부를 하러 가는 아이들을 부러운 눈으로 바라보기는 했겠지만 내가 그 중 하나가 되어야 한다는 생각은 전혀 하지 않았을 것이란 말이다.

한국에 있을 때 공부를 못하는 편은 아니었지만 나에게는 뛰어넘지 못한 벽이 하나 있었다. 수학. 공부는 노력하는 만큼 나온다고 하지만 수학은 그렇지 않았다. 내신 수학 성적은 괜찮았다. 문제는 바로 수능 수학. 머리를 조금 써야 한다고 하는데 나는 남보다 그 쪽의 능력이 떨어졌다. 수능 모의 고사 시험을 치르면 다른 영역의 점수들은 괜찮았다. 특히 별다른 노력 없이 언제나 언어 영역에서 높은 점수를 받곤 했다. 우리나라의 현실이 대학을 가려면 반드시 수능 시험을 쳐야 하고 기회는 일 년에 단 한 번뿐인데 수학 때문에 가고 싶은 대학교나 학과를 포기할 수는 없지 않는가.

고등학교에 들어와 '대학' 이라는 현실과 맞닥뜨리게 되자 성격이 갑자기 많이 변해버렸다. 점수에 굉장히 민감해지고 경쟁심과 시기심이 강해졌다. 꼭 남들보다 잘 되어 어떤 방식으로든 '너보다 내가 나은 사람' 이라는 것을 보여 주고 싶어 그랬던 것 같기도 하다.

공부를 아주 잘하는 아이가 하나 있었는데 개는 나보다 공부를 덜 하는 것 같으면서도 성적은 더 좋아 시기심을 많이 느꼈다. 특히, 개는 수학을 잘했다. 내가 많은 시간을 공부에 투자했는데 거의 반 이상은 언제나 수학 공부였다. 이렇게 열심히 하는데 왜 수능 수학을 해결할 수 없는 것인가. 이때부터 학교 공부보다는 다른 쪽에 더 관심이 많이 쏠렸다. 서서히 유학 붐이 일어나고 있을 때여서 부모님께 유학을 가고 싶다고 졸라 보기도 했지만 돈이 없다며 안 된다는 부모님의 의지는 완고했다.

어쩌자고 고등학교까지 잘못 걸렸다. 친구들 대부분이 간 곳과 다른 학군에 배정된 것이다. 친구들이 다니는 학군은 대학 진학에 신경을 많이 쓰는 곳이었다. 공부를 더 많이 시키고 성적도 더 좋았다. 옛 친구들과 같이 공부를 하면 기분이 나아질까 하는 생각에 전학을 하려고 해봤지만 별 소용이 없었다. 끝내는 자퇴를 하고 검정고시를 볼까 하는 생각까지도 했다. 하지만 제대로 정상 교육을 받아야 한다고 생각하는 부모님이 허락을 할 리가 없었다. 내가 외국어 고등학교나 과학 고등학교에 다니고 있어 내신이 불리하기 때문에 그러는 것도 아니니 나중에 사회에 나가면 자퇴를 한 내 학력을 이상하게 여길 것이라는 생각도 들었다.

공부를 하려고 해도 뚜렷한 목적이 없으니 공부하는 시간은 많아도 효율은 항상 떨어졌다. 1학기의 성적은 굉장히 좋았는데 2학기에 와서 많이 떨어졌다. 그러다가 친구에게 미국으로 교환 유학을 가는 정보를 얻게 되었다. 지금도 이것이 내 인생의 지도를 바꾸는 계기가 되었다고, 굉장히 고맙게 생각하고 있다.

내가 미국으로 간다는 것을 처음으로 친구들에게 말했을 때, 가지 말라며 말린 친구가 하나 있었다. 오히려 나는 개에게 차라리 나와 같이 가자고 설득했지만 친구는 이렇게 말했다. 자기는 고등학교를 졸업하고 한국의 대학에 갈 것이라고. 부모님이 중학교 2학년 때 유학을 가겠냐고 물었지만 거절했다고 한다. 자기는 한국이 좋다며 정상적인 과정을 거치면서 살아갈 것이라고 했다.

'이해찬 1세대'들, 즉 2002년도의 '불수능' 사태는 많은 내 친구들의 미래를 바꾸어 버렸다. 한 친구는 학교에서 공부하는 시간을 아껴 수능 공부를 하겠다며 자퇴를 해버렸다. 다른 학교에 있는 친구 하나는 학교 선생님들이 이렇게 말했다고 했다. 수능 시험은 학원에서 대비하는 것이 더 낫지만 우리는 '정상적인 사회화'를 위해서 학교에 있어야 한다고 말이다. 친구들이 시험 때문에 절망하는 모습들을 보니 미국에 있는 것이 낫다는 생각도 든다. 공부한 만큼 대가가 나오기 때문에. 한국의 친구들은 미국에서 내가 놀기만 하는 줄 알지만 여기에서도 공부를 한다. 하루 종일 '앉아만 있는 날'들이 더 많다. 친구들과 같은 이유 – 대학을 가기 위해서.

대학에 들어가기 전 2년 간을 미국 고등학교에서 지냈다. 처음 유학을 시작하던 10개월은 노스 캐롤라이나에 있는 공립 고등학교 교환 학생이었다. 다음 해는 산타 바바라에 있는 가톨릭 사립학교에서 교환 학생으로 다시 10개월을 보냈다.

산타 바바라에서 유학 생활을 시작하기 위해서 올랐던 비행기 안에서 유타주로 가는 공립 고등학교 교환 학생을 만났다. 그 아이가 가지고 있던 자료를 봤더니, 한국에서 수속했던 회사가 내가 사립 교환 유학을 수속했던 회사가 아닌가. 아이는 앞으로 닥칠 일들이 두렵다면서 내가 경험한 유학 생활에 대해 이야기를 해 달라고 했다. 그 아이 때문에 교환 학생이 되기까지 지나쳤던 길을 돌이켜 보게 되었다.

지금은 서서히 입소문이 퍼지고 있고 인터넷이나 신문에서 이 제도에 대한 정보를 쉽게 접할 수 있지만 내가 갈 때까지만 해도 고등학교 교환 학생이라는 것은 아주 생소했다. 그 단어를 알고 있는 사람조차 드물었다.

나중에 알게 된 이야기이지만 이 제도가 2000년부터 시작되었기 때문이었다. 나도 정말 우연 중의 우연으로 이 제도에 대해 알게 되었다.

내가 떠나던 2002년도에 내 짝꿍이 한 신문사에서 주최한 교환 학생 시험에 합격을 해서 여름에 미국으로 떠난다는 말을 했다. 그 날 집에 오자마자 인터넷으로 '교환 학생'이라는 것을 검색했다. 그러자 의외로 많은 회사들이 화면상에 떠오르는 것이었다. 홈페이지에 들어갔더니 시간이 별로 없었다. 모든 서류는 3월 30일까지 마감이 되는데 그 날은 3월 10일이었다. 인터익스체인지라는 회사에 전화를 했고 그 주 일요일에 바로 영어 시험을 치기로 약속을 잡아 버렸다.

기차를 타고 서울로 가던 길. 고등학교 2학년 생활을 시작한지 얼마 안되었기 때문에 마음이 착잡했다. 사람은 살아가면서 인생의 행로를 바꿀 시기를 만난다고 하는데 나에게는 그 시기가 바로 '지금'이라는 느낌이 들었다.

대구에서 서울까지 가는 동안 많은 생각들이 스쳐 지나갔다. 나는 내가 다니고 있던 고등학교를 굉장히 싫어했다. 대구에서는 고등학교에 갈 때 속칭 뺑뺑이를 돌려 아이들을 지망 학교와 상관 없이 배정을 한다. 내가 살고 있는 집 주위의 학교에 배정받지 못하고 하필이면 가장 먼 학교에 배정되었다. 학교를 처음 본 순간 직감했다. 나는 이 학교에 맞는 체질이 아니다라고.

교환 학생 프로그램 회사는 서울역 근처에 있었다. 그 회사에 도착을 했더니 나와 함께 시험을 치르게 될 남학생 하나가 기다리고 있었다. 회사에서는 나와 그 아이에게 SLEP 시험을 치르게 했다. 생활 영어 실력을 평가하는 토익과 비슷한 것이었다.

바로 채점이 이루어졌는데, 몇 점이 만점이었는지 잘 기억은 나지 않지만 어쨌든 턱걸이로 겨우 그 시험을 통과했다. 필기 시험을 통과했더니 영어 인터뷰를 해야 한다는 것이었다. 커서 무엇이 되고 싶으냐, 왜 미국에 가고 싶으냐, 좋아하는 것은 무엇이고 싫어하는 것은 무엇이냐는 등 간단한 것들이었다.

내 영어 실력이 좋지 않았기 때문에 인터뷰를 하는 사람이 내가 대답하는 문장을 고쳐주었다. 나는 커서 고고학자가 되고 싶다고 말했다.

"교환 유학 가는 애들은 거의 다 변호사, 의사, 사장 등을 하겠다고 하는데 좀 특이하네요. 그런데 영어 공부 많이 안 해놓으면 큰일 나니까 준비하세요."

그 후 내 손에 들려진 큰 서류뭉치 한 다발. 지원 신청서와 함께 중학교 때를 포함한 3년 간의 성적, 선생님의 추천서, 건강 증명서, 호스트 가족에게 보내는 나와 부모님의 편지 등이 필요하다고 했

배짱도 실력이다

다. 시간이 얼마 남지 않았으니까 빨리 준비하라는 말을 함께 덧붙
이면서.

　그 때부터 일주일 간 정말 바쁘게 살았다. 지원서에는 우리 가족
의 전반적인 사항들과 내가 사는 도시 소개, 학교 소개, 취미, 특기,
지금까지 했던 봉사활동을 꼼꼼하게 써내어야 했다.
　학생 추천서는 학교에 계신 선생님께 부탁하기 힘들었다. 고등
학교 2학년 때 유학을 간다는 사실이 껄끄러웠기 때문이었다. 그래
서 학원 영어 선생님께 내가 한글로 만들어 놓은 지원서를 가지고
가서 번역과 추천서를 부탁했다. 그 선생님께 영어를 배우지 않은
지 오래 되었는데 정말 염치도 좋았다.
　약속 날짜가 되어 갔을 때 선생님께서 바쁘셔서 아무 것도 해 놓
지 못한 것이었다. 이런 일이 생길 수가. 선생님께서 미안하다고 몇
번씩 말하시면서 추천서를 꼭 써 주시겠다고 했다. 나는 한 마디로
벼락을 맞은 것 같은 기분이었다. 이렇게 바쁜데 시간만 낭비를 하
다니 하는.
　"저기요, 제가 지금 바빠서 그런데 이거 몇 장만 영어로 바꿔주
세요."
　별로 어렵지도 않은 것들이었는데 내 영어 실력이 부족했으므로
결국 번역 회사에 전화를 해버렸고 번역문은 그 다음 날 내 메일함
에 잘 들어 있었다.
　건강 증명서를 발급 받으려고 하니까 해야 하는 것이 너무 많았

다. 피 뽑고, 예방 주사 맞고 결국은 갈비뼈 사진까지 찍었다. 오죽 했으면 의사 선생님께서 이렇게 말씀하셨다.

"내가 유학 지원 서류를 많이 작성해 봤는데 이렇게 자세한 것은 처음이네요."

교환 유학을 간다는 사실을 적어도 학교에서만은 숨기고 싶었지만 세상에 비밀이 어디 있는가. 성적 증명서와 재학 증명서를 떼다가 결국 유학 사실이 들통나 버렸다.

"너도 가냐?"

선생님께서 남아 있기를 바라는 듯한 목소리를 내신다. 이런 씁쓸한 목소리를 들으니 미안한 감정이 들지 않을 수 없었다. 하지만 어쩌리. 이미 결정된 것을.

점점 무더워져 가고 있던 늦봄의 어느 날, 이 학교, 이 교실을 떠날 것이라고 생각을 하니까 이상하게도 슬픔보다 새로운 세상을 보게 된다는 희망으로 부풀어 올랐다. 교실에 앉아 있어도 마음은 이미 저 먼 곳으로 날아가 있었다.

답답하고 무의미했던 하루하루들. 마침내 비자가 왔다. J-1 비자였다! 유학 가는 학생들은 보통 학생 비자인 F-1 비자를 받는데 교환 학생들은 문화 교류 비자인 J-1을 가지고 생활을 하게 된다. 이제 미국에 간다는 것은 확실하다.

교환 학생들은 다른 유학생들과는 달리 미국인 집에서 그들과 살게 되는데 이것을 호스트 가정이라고 한다. 나는 호스트 가정이 결정될 때까지 기다려야만 했다.

6월 초부터 3번의 오리엔테이션을 받았다. 교환 유학을 먼저 다녀온 아이들이 이제 새로 미국으로 나가게 될 우리에게 미국 학교에서는 주로 어떤 과목을 공부하고 어떻게 시험을 칠 것이라고 말해주었다.

호스트 가족들과는 어떻게 지내왔는가, 여가 생활은 어떻게 보냈는가 하는 이야기를 들려주었다. 우리나라와는 전혀 다른 곳이므로 어떤 스타일의 옷을 입었다는 그런 세세한 것 하나에도 관심이 가지 않을 수가 없었다. 그 곳에서 생활한 아이들의 사진들도 보았다.

'먼저 있었던 아이들은 이랬었구나.'

호기심과 기다림. 이제부터 나도 이러한 새로운 생활들을 시작하겠지.

"애들아, 안녕. 나는 간다."

방학식이 있던 날이었다. 짝꿍과 함께 서무실로 갔다. 친구는 휴학계를, 나는 자퇴계를 냈다. 걔는 한국으로 돌아올 생각을 했지만 나는 배수진을 친 것이었다. 친구들을 두고 떠나지만 시원한 느낌만 들었다.

사실 고등학교에 들어와서 성격이 굉장히 많이 바뀌었다. 내 미래를 위해서 내 자신을 채찍질한 결과였다. 내가 나름대로 노력을 하는데도 뜻하는 대로 되지 않는 것처럼 힘든 일은 없을 것이다. 나는 이런 나의 상황을 언제나 증오했다.

그래서 고등학생 생활은 내게 마치 지옥과 같이 느껴졌을지도 모르겠다. 아픈 과거의 내 모습을 잊고 다시 새로운 '내'가 될 수 있는 기회가 주어진 것이다.

다른 교환 학생들은 6월부터 7월 말까지 자기가 살게 될 집이 결정되어 떠나기 시작하는데 나는 8월 말이 되도록 아무런 소식이 없었다. '이러다가 한국에 남으면 안 되는데' 하는 생각이 들 정도로 불안하고 초조한 나날들이었다. 8월 22일. 드디어 나는 노스 캐롤라이나로 갈 것이라는 연락을 받았다.

미국인들과 살게 될 것이니 문화 차이가 굉장히 클 것은 분명한 사실이다. 그래서 그런지 우리 부모님께서는 더 걱정이 되시는 것 같다. 자식을 먼 타지로 보내는 심정은 그런 것인가? 그러나 나는 대수롭지 않은 일에 왜 걱정을 하는가 하는 기분이었다. 마치 온 세상이 내 것 같기도 했다. 예전에 홍정욱이 자신의 저서 '7막 7장'에서 한국을 떠날 때 한 번도 돌아보지 않고 나갔다는데 그 기분을 알 수 있을 것 같았다.

앞으로 펼쳐질 모습들을 상상하는 내 옆에 앉아있는 새내기 교환 학생도 자기 나름대로 바라는 바가 있겠지. 그리고 현실은 기대와 꼭 같지만은 않다는 것을 느낄 것이다. 그러나 이 아이도 자신의 길을 찾아갈 테고 자기가 한 일에 대해서 만족과 후회를 느끼면서 '내가 살아있다' 라는 그런 느낌을 갖지 않을까. 이 아이는 유타에 있는 가족들과 살아가게 될 것이고 나는 이제 산타 바바라에서 새로운 가족들과 살게 될 것이다.

계속 연락을 하자는 의미에서 메일 주소를 교환했다. 행복과 슬픔과 고통과 좌절과 환희의 순간들. 모든 것들이 꿈처럼 내 앞에 그려졌다. 시간은 빠르다. 이렇게 지나간 과거의 일들이 바로 어제 일만 같은데.

가족이 하나 더 생겼어요

"I'm looking forward to seeing our new family member(새 가족이 될 사람을 보는 것을 기대하고 있습니다)."

산타 바바라로 가던 길에 내 옆에 앉아 있던 새내기 교환 학생이 한국에 있을 때 미국에 있는 호스트 가족에게 받은 편지를 보여 주었다. 다른 내용보다 유난히 이 구절이 생각이 난다. 미국에 유학을 오는 학생들은 주로 기숙사에서 생활을 하거나 친척 집에서 머무는 것이 보통이다. 그러나 교환 학생들은 영어를 모국어로 하는 미국인 가족의 집에서 사는 것이 원칙이다. 보통 미국에서 1년 동안 교환 유학을 했다고 하면 사람들은 나를 부잣집 아이라고 생각한다. 그러나 교환 학생

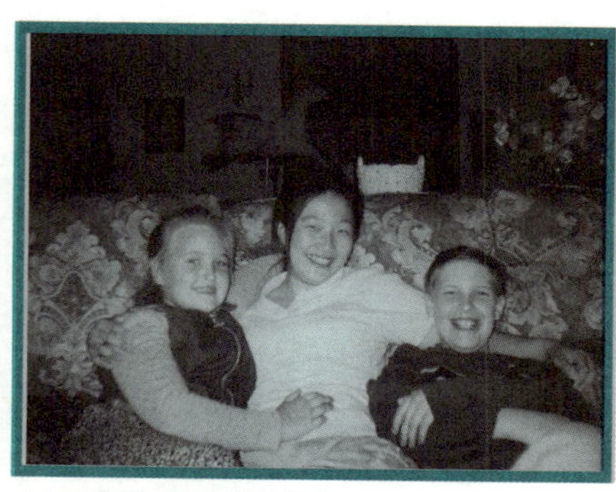

호스트 아주머니의 조카들과 함께.

배짱도 실력이다

제도는 미국인들이 자원 봉사를 하기 때문에 먹는 것과 자는 것이 공짜였다. 아버지께서는 아무 것도 받지 않고 공짜로 이런 것을 어떻게 해주냐고, 괴롭히지는 않느냐고 계속 물으셨다. 처음에는 여러 모로 힘이 들었다. 새로 이 집에 와서 눈치가 보여 뭔가를 마음대로 할 수가 없었기 때문이었다. 그러나 시간이 지나면서 가족의 일원으로 그들과 생활을 공유하고 나를 알리면 서로 굉장히 편해진다.

'호스트 가족은 미국으로 떠나기 전에 결정이 됩니다.'

떠나기 전에는 다 이런 말을 듣는다. 호스트 가족이 직접 학생을 뽑을 수가 있는 반면 재단에서 유학생이 작성한 자기 소개서, 흥미나 종교 등을 보고 그와 비슷한 가족을 연결하는 수도 있다. 우리 아주머니의 경우 언니의 남편이 한국 전쟁에서 싸운 적이 있었기 때문에 나를 뽑은 것이었다.

하지만 다 이런 원칙을 따르는 것만은 아니라는 것을 알게 되었다. 알다시피 미국은 지금 경제 불황에 테러 때문에 공포에 떨고 있다. 그래서 교환 가족을 신청하는 집이 예전에 비해서 굉장히 많이 줄었다고 한다. 그래서 요즘은 지역 상담자가 억지로 맡기는 경우도 있다.

재단이 가족을 속이는 경우도 있었다. 우리 집에서는 독일 여자애를 받았다가 쫓아보냈다. 이유인 즉 우리 집은 흡연이 허용되지 않는데 개는 흡연자였다. 아니 어떻게 이런 일이. 이것은 재단 관리

자의 문제였다. 사실 미국의 호스트 가족 중에 흡연자를 좋아하는 사람은 거의 없다고 한다. 걔는 지원서나 호스트 가족에 보내는 편지에 흡연자라고 적었는데 재단 관리자가 집을 못 구할까 두려워 지원서의 내용을 비흡연자로 바꿔 버린 것이다.

남의 집에서 살아야 하기 때문에 조심을 한다고 해도 살아온 방법이 다르니 문제가 생기지 않을 수 없었다. 그럴 경우 호스트 가족과 대화를 하는 것이 중요하다.

아주머니는 가구들을 굉장히 아끼신다. 나는 책상 위에 컵을 올려놓는 버릇이 있었는데 한 번은 책상의 린스 칠을 녹여버린 적이 있었다. 아주머니는 당연히 흥분하셨다. 몇 번이고 사과했다. 고의가 아니었다고 설명을 하며. '나는 이제 죽었구나' 생각을 했는데 의외로 몇 시간 후 아주머니는 화가 풀렸다. 다시는 그러지 말라는 말과 함께.

호스트 가족에게 항상 감사의 마음을 잊지 말아야 한다. 그 집에 있으면서는 당연하다고 생각했던 것들이 한국에 와서 돌이켜 보았을 때 고마운 경우가 많다. 1년 동안 나를 가족의 일원으로 받아주고 도와주는 호스트 가족에게 언제나 감사해야 한다.

또 그 집의 규칙을 지켜야 한다. 내가 야행성이라 학교 숙제 같은 것을 밤늦게 일어나서 하는 경우가 많았다. 그런데 이 집은 나무로 만들어져 있어 소음이 다른 방에 굉장히 잘 퍼지는 것 같다. 호스트 부모님들은 시끄러워 잠을 잘 수 없다며 계속 조용히 좀 하라고 하

셨다. 어찌 하리오. 로마에 왔으면 로마의 법을 따라야지. 그 집의
일원이 되기 위해서 규칙을 확인하고 따르도록 최선을 다해야 한다.

잘 알지도 못하는 사람과 같이 산다는 것 자체가 쉬운 일이 아닌데
말이나 문화가 전혀 다른 사람들과 사는 것은 더욱 힘든 일이다. 호
스트 가족들이 처음에는 부담스러울 때도 있었다. 그런데 서로 이야
기를 나누기 시작했더니 벽이 서서히 허물어져 가는 것이었다.

처음에는 어느 나라에 있든 '나'를 발견하고 싶었다. 아직은 10
대 시절, 내가 한국인이라는 것을 잊지 말자는 생각에서였다. 목표
는 '미국에 있는 한국인이 되자.' 그러나 시간이 지난 후 알게 되었
다. 그들의 사고 방식이 나의 것과 굉장히 다르다는 것. 그 때부터
목표가 바뀌었다.

'한국인이지만 미국인과 같이.'

몸은 하나, 가족은 넷
미국에서 만난 세 가족 이야기

산타 바바라에 사는 동안 두 호스트 가족과 함께 살았다. 처음 간 집에서 적응을 잘 하지 못해 다음 집으로 이사를 했기 때문이다. 1학기에는 해리스 가족과, 2학기는 영어 선생님인 미즈 윌리엄스와 함께 살았다.

사실 산타 바바라는 아직까지도 나에게 고통스러운 장소이다. 이곳에서의 10개월은 나에게 '암흑기'와도 같이 불행한 시간이었다. 그 원인을 잘 분석해 보면 호스트 가족과 조화를 이루어 잘 살지 못했기 때문이었다.

한국으로 돌아온 후에 호스트 가족들로 인해 받았던 정신적인 고통을 없애려고 노력하는 중에 미국에서 신디가 왔다. 내가 신디를 호스트 하는 동안 그들의 마음을 이해할 수 있게 되었다. 이제껏 나를 데리고 있어준 것에 감사했다기 보다는 그들의 행동을 비판하기만 했던 내 자신을 책망했다.

　만약 다시 그 시기로 돌아간다면 더 잘할 수 있을 것 같아 아쉬움이 남기도 한다. 나는 이 글 속에서 편안하게 잘 살았던 첫 번째 호스트 집과 암흑기의 두 번째 그리고 세 번째 호스트 집에서의 나를 이야기해 보련다.

　첫 번째 호스트 집은 노스 캐롤라이나에 있었던 스미스 가족이었다. 그랜트 스미스와 신디 스미스. 이 노부부에게는 두 명의 자녀가 있었는데 둘 다 성인이기 때문에 나가서 살고 있다. 사실 이들은 그 해에 교환 학생을 받을 생각이 없었다. 그런데 교환 학생 노스 캐롤라이나 지역 담당자가 아주머니께 전화를 해서 독일 여학생이 있으니 받아 달라고 부탁했단다. 그 독일 여학생은 프렌치라는 아이였는데 원래 이 아이를 받겠다고 했던 집에 갑자기 사정이 생기는 바람에 더 이상 호스트를 할 수 없게 되었다는 것이다. 그래서 아주머니는 프렌치를 받게 된 것이다.

　프렌치는 아주머니의 성격과 정반대였기 때문에 같이 사는 것이 힘들었다. 그래서 프렌치가 집을 나가게 되었다. 아주머니는 지역 담당자가 건네준 학생들 리스트를 보다 내 것을 뽑아냈고 그리하여 난 이곳으로 오게 된 것이었다.

　아주머니의 할머니는 헝가리에서 이민을 오셨다. 아주머니께서는 할머니와 지내는 시간이 많았기 때문에 헝가리어에 능통하시다. 헝가리어는 아시아어 계통이다. 그래서 아주머니께서는 내가 언어를 배우는 것이 얼마나 힘들다는 것과 언어의 차이점을 이해해 주셨고 나를 도와 주시려고 항상 애를 쓰셨다.

아주머니께서는 나에게 되도록이면 많은 것을 보여주고 싶어 하셨고 또 여행을 좋아하셨기 때문에 나는 주말에 언제나 가족들과 놀러 다녔다.

우리는 성격이 비슷해서 함께 있는 것이 편했으므로 거의 모든 시간을 같이 보냈다. 내가 많이 덤벙거리는 데다가 언어 능력 부족으로 그들의 말을 잘 이해할 수 없었기 때문에 실수도 많았다. 그러나 서로 배려하려고 애를 쓰는 마음이 있었기 때문에 정이 많이 들었다. 그래서 나는 노스 캐롤라이나가 마음의 고향과 같은 편안한 느낌을 받는다.

산타 바바라에서 부활절 방학을 맞이했을 때 이 집에 다시 놀러 왔는데 내 방이 아주머니의 물건으로 가득 차 있었다. 아… 나는 이제 이곳에 살지 않는구나. 언제 또 이곳에 오게 될지 확신할 수는 없지만 가능한 자주 이곳을 찾고 싶은 마음이 든다.

두 번째 집은 산타 바바라에 처음 와서 살았던 해리스 가족이다. 아주머니께서는 오래 전에 아저씨와 이혼을 하시고 제이드라는 우리 학교에 다니고 있는 아이와 같이 살고 계셨다.

이 가족과는 불협화음이 있었지만 지금 곰곰이 생각해 보면 가족 자체가 나쁘지는 않았다. 그러나 제이드는 어머니와 오랜 시간을 함께 살아왔기 때문에 둘은 친구 같았고 나는 그 주변을 맴도는 것 같아 불편할 때가 종종 있었다.

제이드와 나는 같은 방에서 지냈는데 개는 새벽 5시에서 5시 30분 사이에 일어난다. 개가 언제나 알람을 눌러 놓고 잠자리에 들었기 때문에 같이 자는 나도 항상 그 시간에 맞추어 일어나야 했는데 여간 곤욕이 아니었다.

나는 공부할 때 조용한 분위기를 선호하는데 개는 시끄러운 음악들을 좋아했으므로 늘 라디오 볼륨을 높이는 탓에 집중해서 책을 읽을 수가 없었다. 나는 처음 온 학교에서 살아남기 위해서 몸부림을 치며 공부를 따라가는데 최선의 노력을 기울였지만 개는 주말마다 쇼핑을 하거나 노는 것을 더 원했다.

그래서 나는 주말마다 근처에 있던 대학 도서관에 가서 거의 모든 시간을 보내게 되었다.

이런 식으로 조그마한 것들 하나하나에서 부딪히니까 서로에게 지치게 되었고 아주머니는 내가 그들의 가족 생활에 맞추려고 하지 않는다고 생각을 하셨다.

처음에는 무척 친절하셨는데 나중에는 눈치를 굉장히 많이 주셔서 내 마음도 그리 편치는 않았다. 이 집에 있는 동안 스트레스로 얼굴에 많은 여드름이 생기고 살도 더 쪄 버렸다. 결국 집을 나와 친구와 생활하는 등 좋지 않게 끝나 버렸다. 제이드와는 학교에서 만나도 인사조차 하지 않게 되었는데 지금 생각하면 내가 더 조심해야 했던 것 같아 아쉽고 미안하다.

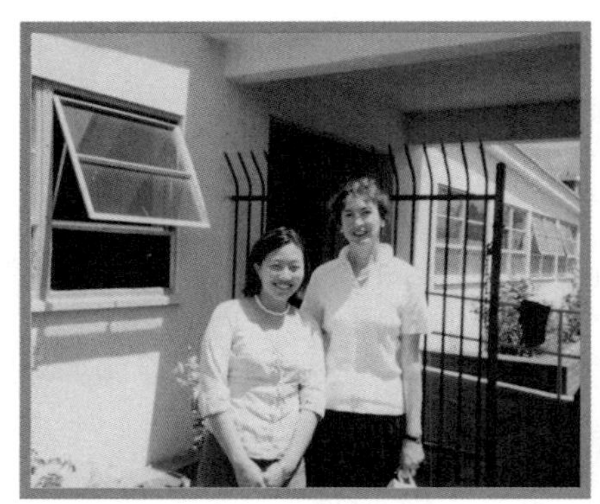

세번째 호스트 가족이셨던 Ms.Wiliams선생님과 함께.

세 번째는 비숍 가르시아 디에고 고등학교에서 영어를 가르치시는 윌리엄스 선생님 집이었다. 내가 두 번째 집과 불화가 커서 집을 옮겨야 했고, 남의 집에서 사는 것에 너무 지친 상태였기 때문에 혼자 살고 싶은 마음이 강했다. 그러나 교환 학생은 영어를 쓰는 미국인의 집에 살아야 한다는 규정이 있었기 때문에 마음대로 되지 않았다. 이러한 이유로 나는 선생님의 집에서 선생님 방 바로 맞은 편에 있는 방에서 살게 되었다.

선생님은 내가 미국에 있는 이상 미국인이 사는 방식 그대로 살아야 한다고 생각하시는 분이었으므로 내가 하는 행동 하나하나에 참견이 심했다. 내가 물을 머그컵으로 마시고 있으면 물은 반드시 유리잔으로 마셔야 된다며 컵을 빼앗아 물을 부어 버리고 유리잔에 다시 따라 주실 정도였다.

선생님 학교에서 학생들에게 반복해서 말을 해야 하는 경우가 많으니시까 함께 생활하는 나에게까지 그러는 것이 싫다며 한 번 듣고 알아 들으라고 하셨다. 그러나 오랜 습관이 한 번에 고쳐질 수는 없는 일이었으니 그 일을 한 번 더 하는 경우도 있었는데 선생님은 내가 그런 것들을 염두에 두지 않아 그리한다며 야단을 치셨다.

내가 요약 노트집을 보고 영어 에세이를 썼다가 들킨 것을 시점으로 선생님과 냉전이 시작되었다. 그때부터는 잘하지 못하면 집

배짱도 실력이다

에서 쫓아낼 것이라는 말씀까지 하셨다. 나도 움찔하지 않을 수가 없었다.

그 후로 선생님이 말씀을 하시면 그것을 종이에 적어 매일매일 읽으면서 살았다. 선생님은 말씀 끝에 꼭 '맞니 아니니?' 라고 물으시면서 yes라는 대답을 기다리셨다. no라고 대답을 하면 화를 내시니까 선생님의 분위기에 따라 대답들을 잘 조절했는데 거의 심리 전문가 수준이었다.

선생님은 굉장히 보수적이고 애국심이 강하셨다. 이슬람들이나 멕시칸들을 굉장히 싫어하셨는데 나는 선생님께서 그런 이야기들을 할 때면 가만히 듣거나 동조를 했다. 작년의 나라면 반론을 했을 텐데 굉장한 발전이 아닐 수 없다며 속으로는 감탄을 했던 것도 사실이다.

선생님 댁에서 지낼 때 우울증이 너무 심했고 정신적인 고통 또한 컸다. 혼자 있을 때 분위기가 조용하면 선생님께서 또 꾸중을 하는 전조였기에 심장 고동이 빨라지고 신경이 팽창해서 미쳐버릴 것 같았다.

그러나 선생님은 내가 미국 아이들처럼 거칠게 놀지 않으며 책 읽고 토론하는 것을 좋아하는 면모를 지녔다는 것을 아시고 그 부분을 높이 사셨기 때문에 나한테 애정이 많으셨던 것 같다. 한국에 가기 전에 자기 집에 꼭 다시 놀러오라고 당부를 하셨지만 솔직히 나는 아직도 선생님을 생각하면 공포감이 먼저 들기 때문에 그 때가 언제가 될지는 잘 모르겠다.

한국에 돌아와서는 내가 완벽하게 속해져 있는 가족을 만난다. 나와 같은 피가 흐르고 내가 커 오는 모습을 지켜봐준 '나의 가족'. 사실 한국에 오면 투정이 심한 것도 그만큼 가족들이 편해서가 아닐까 한다.

나는 이렇게 네 명의 가족을 가졌었다. 그 중에서 두 번째 미국인 가족과는 더 이상 연락이 되지 않는 점이 안타깝지만 그래도 영원히 나와 함께 할 한국의 가족과 나를 아껴주는 두 미국인 가족이 있으니, 나는 참 복이 많은 것 같다.

"미카엘라(산타 바바라에 있을 때 혜림이란 이름 대신 이 이름을 썼다), 저는 이 학교에 2년 간 머물 경우 훌륭한 교육을 받고 좋은 대학에 가실 수 있을 것이라고 믿습니다."

"그냥 졸업이나 빨리 시켜주세요."

가톨릭계 사립 고등학교에 처음 갔을 때 2년 간 머물라는 제안을 뿌리쳐 버렸다. 그 이유는 크게 두 가지이다. 첫 번째로 6~7과목을 1학기에 시작해서 2학기까지 계속 배워야 한다는 것이 두 번째로 필수 과목에 종교가 들어간다는 사실이 매우 싫었기 때문이다. 주마다 또 학교에 따라 필수 과목이 다르다는 것은 들었지만 이 학교는 가톨릭계라서 종교가 졸업을 위한 필수 과목이었고 각 학년마다 반드시 배워야 한다는 것을 이곳에 와서 처음으로 알게 되었다.

작년 덴톤에서 공립 고등학교에 다니고 있을 때에는 한 학기에 4

과목을 택했기 때문에 수업 시간이 길어도 공부하는 것은 오히려 쉬웠다. 미술 과목이 있었기 때문에 실질적으로 내가 공부해야 하는 과목은 3과목밖에 없었기 때문이다. 또 남부의 학교들은 다른 곳에 비해서 굉장히 쉬운 편이란다. 숙제도 많이 내주지 않고 수업도 그렇게 힘들지 않다나. 영어 때문에 고생한 것을 제외하면 선생님들의 배려로 그렇게 고생하지는 않았다. 2학기에 와서는 역사를 2과목이나 배우니까 매일매일 공부를 3시간 이상 해본 적이 한 번도 없었다.

	수업시간	클래스	선생님	room
1교시	7시50분~9시20분	미술2	Mr. Johnson	213
휴식시간	9시20분~9시40분			
2교시	9시40분~11시20분	생물	Mrs. Bingum	202
3교시	11시25분~12시55분	세계사	Mr. Beaver	217
점심	12시55분~1시20분	점심		
4교시	1시25분~2시55분	미국사	Mr. Beaver	217

이것은 사우스 데이비슨 고등학교 2학기 때 시간표이다. 1학기 때는 1교시 매스 미디어, 2교시 칼큘로스, 3교시 미술, 4교시 영어 이렇게 4과목을 들었다. 1교시는 아침에 방송을 할 뉴스를 만들고 저널리즘에 대해 공부를 하는 그런 시간이었다. 필립스 선생님께서는 조용한 분으로 한 구석에서 학생들을 지켜 보시는 편이었으므

배짱도 실력이다

로 학생들이 주체가 되어 활기가 있는 교실이었다. 2교시 칼큘로스 시간에는 미분과 적분을 공부했다. 일단 과목 자체가 그리 재미있는 것은 아니어서 조용한 분위기를 기대했는데 의외로 선생님께서는 조별 활동을 많이 시키셨다. 우리 반에는 학교에서 재미있기로 유명한 아이들이 많았기 때문에 뭉쳐서 잡담을 했고 교실은 시끄러웠다. 실버 선생님께서는 자신이 좋아하는 아이들에게는 미소를 지으면서 한없이 친절하다가 그렇지 않은 아이들에게는 무뚝뚝한 표정을 보여주시는 그런 분이셨다. 내가 영어 문제로 고생을 하는데 그것을 이해하지 않았기 때문에 개인적으로 그리 좋아했던 수업은 아니었다.

3교시 미술 시간에는 존슨 선생님과 그림을 그렸다. 우리나라의 미술실처럼 직사각형의 큰 책상에서 여러 아이들이 앉아 같이 그림을 그린다. 존슨 선생님은 미술 시간은 즐거워야 한다면서 친구들과 웃고 이야기를 나누면서 그림을 그리라고 하셨다. 그러나 학기가 끝날 때 쯤에는 우리의 목소리가 너무 커져 다른 수업에 지장을 주었으므로 우리를 갈라 놓으려고 애를 써야만 하셨다. 4교시 영어 시간에는 펜더 선생님과 공부를 했다. 이 분은 굉장히 젊고 귀여운 여자 분이었기 때문에 마치 친구 같았다. 공부하기 싫은 우리들의 마음을 잘 이해하셔서 수업 중 다과 파티 같은 것들을 자주 여셨고 특성상 지

세라와 함께 미술시간에.

겨워지기 쉬운 영어 수업에 아이들이 졸지 않도록 영화를 많이 보여 주셨다.

2학기에 새로 만난 선생님은 빙검 선생님과 비버 선생님이었다. 2교시 생물 시간에는 내가 한국에서 배웠던 식물, 동물 등에 대해 공부한다. 한국에서는 할 필요가 없었던 온갖 전문 용어들을 다 외워야 했기 때문에 굉장히 지겨운 시간이었다. 선생님께서 나이가 드신 분이어서 단조로운 목소리로 설명을 하셨기 때문에 잠을 가장 많이 잤던 수업 시간이었다. 3교시와 4교시는 비버 선생님과 공부를 했다. 선생님은 중요한 내용을 칠판에 적어주시고 우리는 그것들을 받아 적어 암기했으므로 나에게는 가장 익숙한 방식의 수업 형태였다. 선생님은 유머와 재치가 뛰어나셔서 아이들에게 많은 웃음을 선사하셨으므로 자칫하면 지겨울 수 있는 수업은 긴장과 여유가 적절하게 조화되어 있었다.

교환 유학을 2년 째 하던 해, 산타 바바라에 있는 비숍 가르시아 디에고 고등학교에 와서 이런 행복들은 사라지고 말았다. 이곳은 한 학기에 6과목을 수강해야 한다. 거기다가 당시에 호스트 동생인 제이드의 제안으로 0교시까지 선택을 했더니 7과목이 되어 버렸다.

"미케일라는 좋은 학생이니까 잘해 나갈 수 있을 거예요."

비숍 고등학교의 카운슬러이셨던 듀이 선생님께서는 내가 좋은 대학에 가고 싶다고 하자 내 성적들을 보고 과목들을 정해 주셨다. 영어와 종교는 필수 코스라고 하니까 싫어도 받아들일 수밖에 없었다.

선생님은 2개의 AP코스에 어너 화학반에 집어넣었다. 미국에서는 학생 별로 학습 능력의 차이가 있다는 것을 인정하기 때문에 어너(honor)반과 보통(regular)반으로 나누어 자기가 원하는 반에서 공부를 할 수 있었다. GPA는 미국 고등학교의 내신 성적인데 4.0이 만점이다. 그러나 어너 반에서 공부할 경우는 보통 반보다 어렵다는 것을 감안해서 5.0을 최고점으로 성적을 매기게 된다. AP(Advanced placement) 클래스도 어너반처럼 공부를 잘하는 아이들을 위해서 만들어진 것이다. AP 코스에서 공부를 하고 나라에서 주관하는 시험을 쳐서 3점 이상 점수를 받으면 대학에 가서 그 과목을 듣지 않아도 되는 것이다. 예로 나는 AP 칼큘로스 AB 시험을 통과했으니까 대학에 가서 이 수업을 듣지 않고 바로 칼큘로스 BC 수업을 들을 수 있게 된다. 나는 별로 어려움이 없을 것이라고 생각하고 카운슬러의 제안을 받아들였다.

처음에는 학교 분위기에 적응이 되지 않았고 공부가 너무 힘들어 눈물을 흘렸다. 힘든 반에 들어오긴 했는데 이 반에서 살아남을 수 있을 것인가. 고민 끝에 결국 어너 화학반을 취소했다. 내가 조금 낮은 성적을 받아도 어너 반은 B가 내신 점수로는 4.0이니까 그 이상만 받으면 훨씬 좋은 내신 점수를 받을 수 있었을 것인데 그 때 내 생각이 짧았던 것 같다.

	수업시간	클래스	선생님	room
0교시	7시20분~8시10분	yearbook	Mrs. Evans	218
1교시	8시20분~9시10분	AP Goverment	Mr. Crawford	216
2교시	9시15분~10시10분	AP Calculous	Mr. Owaard	213
3교시	10시30분~11시20분	Church history	Mr. Peleisue	207
4교시	11시25분~12시15분	Art	Mr. T	202
점심	12시15분~12시40분			
5교시	12시50분~1시40분	Anatomy	Mr. Hahn	217
6교시	1시45분~2시35분	English	Mr. Williams	217

이것이 내가 산타 바바라에서 공부한 과목들이다. 처음에는 각 시간마다 숙제가 많아 힘들었다. 이 학교 아이들처럼 숙제를 적당히 하는 법도 몰랐기 때문에 부담은 가중되었다. 0교시 이어북 시간은 우리 학교의 졸업 앨범을 만드는 시간이었다. 미국의 졸업 앨범은 각각의 섹션을 만들고 그것에 맞추어 학생들이 직접 사진을 찍고 그 사진들을 설명하는 글도 써 넣어야 한다.

나는 사진 담당으로 학교 행사들을 거의 다 찍었다. 내가 이번 학기에 맡은 섹션은 3개였는데 나에게 영어는 외국어이니까 내용 편집은 나와 같은 조가 된 친구에게 모두 맡겨야 했으므로 미안한 감정이 많이 들었다. 졸업 앨범을 만드는 회사에서 제공한 프로그램을 이용해서 컴퓨터로 페이지들을 만들어 가는데 처음에는 그 기술을 완전히 익히지 못해 시행착오가 많았고 그 때문에 시간도 많이 빼앗겼다. 또 선생님도 무뚝뚝해서 마음에 안 들었기 때문에 2학기 때는 이 수업을 빼버렸다.

1교시 미국 정부사 시간은 정말 어려웠다. 미국 아이들은 이 과목을 초등학교나 중학교 때부터 계속 접하면서 살아 왔으니까 익숙하겠지만 나에게는 모든 내용들이 새롭지 않은가. 거기다가 억지로 공부를 했기 때문에 더 힘들었다. 선생님도 혼자 설명을 하시는 경우가 많아 아이들 중 절반은 언제나 다른 시간의 숙제를 하고 있었다. 2교시 AP 칼큘로스에서는 미분과 적분을 공부했는데 덴톤보다 내용이나 시험이 어려웠다. 워드 선생님은 수업 시간을 재미있게 만드시려고 조크를 하시곤 했는데 유치하고 재미없는 경우가 더 많았다.

3교시는 페로소 선생님의 종교 시간이었다. 내가 가장 싫어한 수업이었다. 나는 종교가 없었으므로 시간 낭비만 하는 것 같았다. 또 매일 읽고 에세이를 쓰는 숙제가 주어지고 시험도 매일 있었다. 선생님의 수업은 재미가 없었고 아이들은 선생님의 강요에 의하여 어쩔 수 없이 들어야만 했다. 미국 아이들도 지겹고 힘들어 하는 수업이었으니 나는 그 정도가 더 심했다. 아이들의 반발이 너무 컸기 때문에 이 선생님은 다음 해에 이 학교를 떠나야만 하셨다.

4교시는 미술이었다. T 선생님과 미술 공부를 했는데 이 전 학교의 미술 수업과 별반 차이가 없었다. 다만 존슨 선생님께서는 창작 능력을 기르는 그림을 선호하셨던 반면 T 선생님께서는 인물화나 정물화 기법을 더 좋아하셨다.

나의 학교 학습 상담원(카운슬러) Mr.듀위.

　5교시는 골상학 시간이었는데 많은 전문 용어를 외워야 하는 힘든 수업이었다. 한 선생님께서는 단조로운 목소리로 모든 것을 설명하셨기 때문에 자장가와 같았다. 우리는 금요일마다 테스트를 쳤는데 나를 비롯한 모든 아이들은 서로 컨닝을 한다거나 답안을 책상이나 쪽지에 적어 두었기 때문에 그리 힘들지 않게 끝낸 수업이었다.

　6교시는 윌리엄스 선생님의 영어 시간이었다. 선생님은 감수성이 풍부하시고 기분파이셔서 그날 수업의 분위기가 어떻게 될지는 예측할 수가 없었다. 기분이 좋았다가도 나빠지고 나빴다가도 좋아져서 사람을 헷갈리게 만드신다. 우리는 교과서보다는 소설들을 읽고 그에 대한 에세이를 많이 썼다.

　사립 학교가 공립 학교보다 학습량이 많다는 것을 몸소 체험했다. 예전에 덴톤의 학교에서는 한 학기에 4과목씩 일년에 8과목을 공부하니까 고등학교에서 4년을 공부하면 32과목을 이수하게 되고 그 중 28개 과목만 이수하면 졸업이 가능하다. 그에 비해 산타 바바라의 학교는 6과목씩 4년을 하니까 24과목만 배우는데 한 과목이라도 떨어지면 졸업을 할 수 없다.

　그래서 과목에서 떨어진 아이들이나 과목 수가 부족한 아이들 또는 여름 방학 때 알차게 공부를 하고 싶어하는 아이들을 위해서 여름 학교를 운영한다고 했다. 이 여름 학교에서는 최대 2과목까지 공부를 할 수 있다.

　한국에서 공부를 할 때에는 언제나 내 자신에게 이런 질문을 했다. 내가 꼭 이 수업을 들어야만 하나. 특히 내가 그 수업을 싫어할 경우 그 질문은 내 머리 속을 빙빙 돌고 돈다. 그런데 미국에 와서는 그런 것이 많이 사라졌다. 이곳에서도 꼭 선택해야 하는 것들이 있기는 하지만 자신의 적성에 따라서 스스로 선택한 과목들이 더 많다. 공부가 힘들어도 내가 택한 것이니까 나 자신을 탓하지 학교를 탓하는 일은 줄어들었다.
　한국에서도 아이들의 성격과 재능을 고려해서 시간표를 짤 수 있도록 해 준다면 얼마나 좋을까. 한국에서도 미국에서처럼 자신이 정말로 좋아하는 공부를 할 수 있었으면 좋겠다.

내가 노스 캐롤라이나에 있는 사우스 데이비슨 학교에 갔을 때 사람들은 나에게 이렇게 물어왔다.

"어떻게 이 넓은 미국에서 노스 캐롤라이나를 찾았고 덴톤 지역을 찾았으며 이 학교를 찾을 수 있었어요?"

"제가 찾은 것이 아니라 호스트 부모님께서 저를 찾은 것이지요."

보통 중고 유학생들은 유학원이나 아는 이를 통해 자신이 가고 싶은 학교에 지원을 한다. 그러면 그 학교에서 각종 시험과 인터뷰를 하고 그 학생의 입학 여부를 결정한다.

그러나 교환 유학생들의 경우는 조금 다르다. 일단 재단에 신청을 해서 교환 유학생이 된다. 신청서에는 공립 학교에 갈 것인가 사립 학교에 갈 것인가를 결정하는 칸이 있고 우리는 그곳에 자신이 선호하는 바를 적어 넣는다. 그러면 지원한 학생들의 파일이 복사되어 각 주의 학생 담당자에게로 넘어가고, 그가 준 파일을 읽은 호스트 부모님이 그 학생을 뽑게 된다. 그 후 호스트 가족이 사는 곳에서 가장 가까운 곳에 있는 학교를 가게 된다. 이렇게 해서 간 학교가 사우스 데이비슨 고등학교였다.

나는 첫번째 교환 유학을 마치고 미국의 고등학교에서 졸업을 하기 위해 사립 고교 교환 유학을 한번 더 택했는데 그렇게 해서 간 곳이 산타 바바라에 있는 비숍 가르시아 디에고 고등학교였다.

사우스 데이비슨 고등학교는 노스 캐롤라이나의 덴톤 지역에 있다. 덴톤 시는 데이비슨 카운티 안에 있는데 그 중에서도 남쪽 지역에 있어 붙여진 이름이다. 원칙적으로 유학생들은 공립 학교에 들어가는 것이 금지되어 있다. 그래서 모든 유학생들은 사립 학교 입학을 하지만 교환 학생들에게는 예외를 적용해 준다.

이 학교의 특징은 백인들만 있다는 것이었다. 주변에 KKK들이 많이 살았기 때문에 유색 인종은 나뿐이었다. 또한 남부는 예로부터 농촌 지역이기 때문에 사람들이 교육에 크게 관심을 갖지 않는다. 이 지역은 농촌 지역이므로 학생들이 공부를 거의 하지 않고 자퇴하는 학생들의 비율도 높다.

그에 비해서 비숍 디에고 고등학교는 가톨릭 재단의 사립학교였다. 이곳은 미국에서도 부자 지역이기 때문에 학생들의 생활 수준

세계사 시간 수업 중에.

이 다른 곳에 비해서 높을 수밖에 없다. 대학 진학률이 높아 98 퍼센트의 학생들이 대학에 진학하는데 그 중에서 4년제 대학에 입학하는 학생들의 비율은 60퍼센트라고 한다. 사우스 데이비슨 고등학교에 비해 학생들의 학업열이 높았고 앞으로 살아갈 인생을 계획하는 아이들이 많았다.

지역에 따라서 다르긴 하지만 고등학교들은 8월 중순에서 9월 초순 사이에 학기를 시작하는데 비해 사우스 데이비슨 고등학교는 8월 초에 이미 학기가 시작되었다. 사우스 데이비슨 고등학교는 첫 학기에 4과목을 공부하고 크리스마스 때까지는 방학을 분기점으로 해서 다음 학기에 다른 4과목을 공부한다. 이것을 블록 시스템(Block system)이라 한다.

그에 비해서 비숍 디에고 고등학교는 학기 초에 자신이 듣고 싶은 과목들을 6개~7개 선택한다. 그리고 하루에 50분씩 1년 동안 이 과목들을 공부한다. 크리스마스 때를 중심으로 새 학기가 시작되고 과목을 바꿀 수 있기는 하지만 선택 폭은 제한적이며 영어나 수학 같은 주요 과목들은 바꾸기가 더더욱 어렵다. 학기는 다시 반으로 나누어진다. 그리고 그 작은 단위는 쿼터라고 불린다. 마치 우리나라에 1학기와 2학기가 있고 한 학기에 중간 고사와 기말 고사

배짱도 실력이다

가 있는 것처럼 말이다. 한 쿼터의 길이는 9주였는데 쿼터가 끝날 때마다 성적 보고서를 받는다.

미국 학생들은 우리나라처럼 일정한 교실에 앉아 계속 수업을 받는 것이 아니니까 아이들은 만날 장소가 따로 있다. 이 곳이 바로 홈룸이다.

한 쿼터를 끝내고 보고서를 받을 때의 일이었다. 그날따라 첫 번째 수업이 일찍 끝났다. 학교를 돌아다니다가 두 번째 수업 시간인 수학 교실로 갔는데 앉아 있는 아이들이 달랐다. 아이들과 선생님의 놀란 눈빛이 나를 향했다. 내가 뭘 잘못했지? 가슴이 뛰고 피는 더 빠르게 온 몸을 순화하며 눈은 어디에 두어야 할지 몰라 방향감을 잃었다. 놀란 가슴을 달래며 사무실로 달려갔더니 오늘은 홈룸에 가야 된단다. 그것이 있는 줄도 몰랐는데 어디에 있는지 어떻게 알겠는가. 카운슬러 선생님의 꽁무니를 따라 갔더니 같은 학년의 아이들 20명 정도가 앉아 있었다. 그 후로도 전달 상황이 있을 때에 가끔씩 홈룸에 갔지만 그 횟수가 많진 않았다.

"저기… 여기 내 자린데…?"

한국에서 수업 중에 가끔 잠에 빠지는 버릇이 있었다. 그런데 미국에 와서도 이 버릇을 버리지 못했다. 수업이 끝나기 전에 잠에서 깨면 다행인데 쉬는 시간에도 계속 잠을 자게 되는 경우가 종종 생긴다. 한국에서였다면 아이들이 깨워 주었겠지만 미국 아이들은 자기 할 일만 한다.

　어느 날, 자고 있다가 쉬는 시간에도 깨지 못했다. 그래서 그 다음 수업 시간에 가지도 못하고 전 수업 교실에서 계속 자고 있었다. 그런데 그 자리에 앉는 아이가 와서 나보고 자기 자리라면서 깨우는 것이다. 낯 익지 않은 학생들과 왜 아직도 여기에 있느냐는 어리둥절한 얼굴의 선생님. 얼굴은 달아올랐지만 가방을 정리해서 아주 당당하게 그 방을 나갔다. 처음에는 이렇게 제도 차이 때문에 문제를 겪었지만 나중에는 수업 진행 차이 때문에 이질감을 느낄 때가 종종 있었다.

　첫 번째는 일방적인 강의를 듣다가 참여 수업으로 바뀐 것에서 나타났다. 한국에서는 입 다물고 선생님 말씀만 잘 들으면 됐었는데 미국 학교에서는 한 반에 있는 학생들의 수가 얼마 되지 않다 보니 어떤 문제에 대해 토론을 하는 일이 많고 선생님께서 학생들에게 질문을 하는 일이 많다. 나는 언어 장애라는 큰 벽을 느낄 수밖에 없었다. 그리고 외국 아이들 앞에서 손을 들고 발표한다는 것이 은근히 수줍기도 했다. 그래서 언제나 조용히 앉아서 남의 의견을 경청하는 편이었다.

　영어 시간에 나는 말을 꺼낸 적이 한 번도 없었다. 물론 손을 든 적조차 없었다. 그런데 선생님이 나를 적극적으로 만들기 위해서 일부러 나를 시키는 것이었다. 손을 든 아이들이 저렇게 많은데 왜 하필 나를 시키는가? 다 손을 드는데 나만 안 드니까 더 눈에 띄기 때문에 그런 것 같았다.

　어느 날 아주 긴 장문의 시를 읽어야만 했다. 손을 들면 시키지 않을 것 같아 손을 들었더니 선생님께서는 이번에는 내가 지원하는 줄로 착각하시고 나를 시키시는 것이었다. 웬 사서 하는 고생인가. 그러나 선생님과 반 친구들의 적극적인 도움으로 무사히 마쳤고 '나도 할 수 있다' 라는 자신감도 생겼다.

　두 번째 한국은 선생님과 학생들 사이가 수직적인 분위기라면 미국은 친구 같은 분위기이다. 처음 미국에 갔을 때 선생님들이 나와 가까워지려고 노력했다. 웃으면서 손 흔들고 인사를 해 주신다거나 내 하루 일상이 어떤지를 물어오셨다. 처음에는 이런 것들이 부담스러웠다. 사우스 데이비스 고등학교에 있을 때 어떤 아저씨가 계속 인사를 해 오시는 것이 아닌가. 알지도 못하는데 인사를 받으니까 기분이 묘했다. 그런데 어느 날 그 아저씨가 학교 방송을 하시는 것이었다. 교장 선생님이었다.

　셋 째로 미국 아이들이나 부모님은 선생님들을 굉장히 신뢰하고 있다. 한국에서는 시험만 잘 치면 좋은 성적을 받을 수 있다. 그에 비해 미국은 수업 시간에 하는 모든 것들이 성적과 연관이 있었다. 시험 결

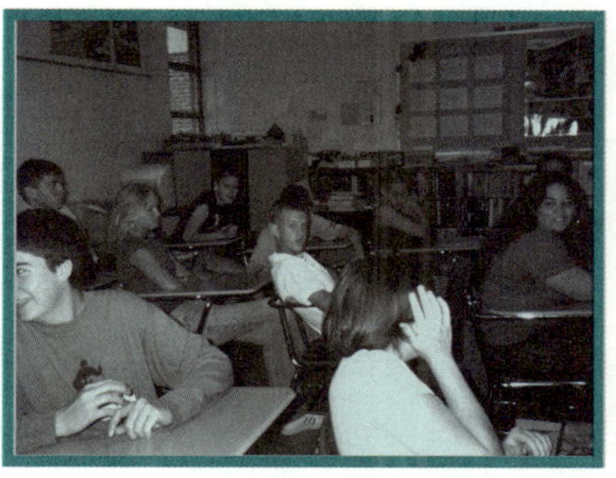

세계사 수업 시간에 친구들의 모습.

과는 물론 출석률, 수업 태도, 과제물 제출 상황이나 내용, 성실성, 쪽지 시험과 퀴즈 등 모든 것 말이다. 시험을 잘 보지 못해도 그것이 성적을 좌우하는 기둥돌은 아니었다. 한마디로 선생님을 믿고 열심히 하기만 했다. 한국식으로 처리했다면 미국에서 수학을 제외한 내 성적은 계속 바닥을 기었을 수도 있다. 그러나 이곳에서 좋은 결실을 맺을 수 있었던 것은 내가 열심히 하려고 하는 모습을 선생님께서 인정해 주셨기 때문인 것 같다.

넷 째 시험을 볼 때 제도적으로 약간 다른 것이 있었다. 미국의 학교에서는 학기를 마칠 때 파이널 테스트를 본다. 보통 수업은 선생님께서 출제한 문제로 쳐도 학점이 인정되지만 AP수업 경우는 나라에서 공인된 시험지로 쳐야 학점이 인정이 된다. 그리고 대학에 가서 그 코스를 더 공부할 필요가 없다. 선생님께서 이런 제도는 미국 전체 학교에서 학생들이 이 수업을 얼마나 열심히 공부했나를 비교할 수 있는 잣대가 된다고 하셨다. 마치 우리나라의 수능시험처럼.

주에 따라서는 졸업할 때 꼭 필요한 필수 과목의 시험 문제를 주에서 직접 만드는 경우도 있다고 했다. 캘리포니아에 있을 때에는 이런 수업이 없었는데 노스 캐롤라이나에 있을 때에는 이러한 과목들이 몇 개 있었다. 그 중에서 나는 생물과 미국사 시험을 주에서 만든 문제로 봐야 했다.

우리나라의 수능 시험지가 홀수 형 짝수 형으로 나누어진 것처럼

배짱도 실력이다

이 시험지도 ABC 형 3가지로 나온다. 우리나라의 수능 시험지는 순서만 바꾸었을 뿐 그 안의 문제들이 다 같은 것에 비하여 이곳의 시험지들은 문제마저 다르다. 어떤 시험지를 받느냐는 것은 컴퓨터의 추첨으로 결정된다.

나는 미국사에서 가장 쉬운 A형을 받았는데 생물은 3개 중에서 가장 어려운 B형을 받았다. 친구 중 한 명은 미국사에서 가장 어려운 것을 받았고 일정한 점수를 넘지 못해 결국 이 수업에서 떨어져 버렸다.

"랜덤(컴퓨터로 돌리는 것)으로 걸렸는데 하늘이 준 운명이지 어쩌겠니."

한국이었으면 이렇게 불공평한 경우가 어디 있느냐며 난리가 났을 것인데 여기 아이들은 기회는 공평했다고 인정하는 편인 것 같았다.

다섯 번째 미국은 고등학교라도 공립이냐 사립이냐 또는 어느 지역에 있느냐에 따라서 차이가 많이 난다는 것을 이해해야만 한다. 워낙 땅이 넓어 어쩔 수 없는 일이다. 한국에서도 강남의 고등학교들이 다른 지역에 있는 고등학교들 보다 공부를 잘하는데 우리나라보다 몇 십배나 넓은 미국은 더 심하지 않겠는가.

나는 사립 학교에서도 1년을 보냈다. 공립 학교에 비해서 규칙이 엄격하다. 학교가 아이들을 많이 감시한다. 그 예로 우리는 학교에서 파는 자물쇠로만 라커를 잠글 수 있는데 그 비밀 번호를 반드시 학교에 알려주어야만 한다. 아이들이 금지 물품을 가지고 있는지 선생님들이 한 번씩 라커 검사를 한다고 한다. 셔츠나 바지도 짧으면 안 되고 신발도 뒷부분이 비어 있으면 안 되는 등 규칙이 많다. 또 가톨릭계니까 종교가 강조된다. 첫 번째 수업 시작하기 전과 모든 수업을 마치고 나면 언제나 기도를 해야만 한다. 한 달에 한 번씩 모든 아이들이 참가하는 미사가 있다.

오랜만에 한국에 와서 다시 옛 학교를 방문했다. 한국의 수업 방식은 내가 있을 때와 같았다. 선생님께서 강의를 하시고 학생들은 열심히 받아 적고 있었는데 일방적이니까 조는 아이들도 많이 보였다. 아마도 수업 능률이 오르는 것 같지 않았다. 시간이 흐르고 모든 것들은 변하는데 한국의 학교들은 그 변화의 속도에 더디게 반응하는 것 같다. 좀 더 새로운 분위기의 학교를 기대할 수 있었으면 좋겠다.

배짱도 실력이다

"제발 저를 좀 가만히 내버려 두세요."

학교에 들어서는 순간 마치 지옥에 들어서는 듯한 이 느낌을 누가 과연 이해할 수 있을까. 이 말은 차마 밖으로 튀어나오지 못하고 내 가슴 속에서 둥둥 떠다니고 있다. 교실에 들어가는 것이 두려워서 학교에 있는 동안 심장이 쿵쾅거리고 손이 떨린다. 공포를 느끼게 해주었던 그것. 그것은 그들에게는 아름다운 모국어, 나에게는 무서운 외국어인 영어였다.

내가 공립 고등학교 교환 학생 지원서를 낼 때, 내가 사는 도시 소개, 자기 소개 등과 함께 호스트 부모님이 될 분에게 편지를 써야 했다. 그 당시 내 영어 실력이 시원찮았기 때문에 자신이 없었고, 그것에 시간을 투자하는 것이 귀찮았고, 시간적인 여유가 없었기 때문에 이것을 번역 회사에 맡겨 버렸다.

그런데 그것이 나에게 오히려 해가 될 것이라는 것을 짐작이나 했겠는가. 미국에 도착하자마자 아주머니께서 이렇게 말씀하셨다.

"네가 편지에 쓴 문장들은 정말 아름답더구나. 학교 선생님들도 그 정도 수준으로 쓰기는 힘들 텐데. 네가 쓴 것이니?"

"아, 네."

그 당시 내 영어 실력이 좋지 않았으니까 아주머니께서 이 질문을 했을 때는 알아 듣지 못해 무조건 예스 그랬다.

학교에 갔을 때 아주머니는 카운슬러에게 내가 정말 훌륭한 글 솜씨를 지녔다며 칭찬을 아끼지 않으셨고 카운슬러는 나를 영어반 중에서도 어려운 어너(honor)반에 넣어 버렸다. 말을 못하니까 시키는 대로 따를 수밖에 없었다. 또 보통 반 아이들은 수업에 관심이 없다니까 공부를 하고 싶은 의욕이 있는 아이들과 함께 있고 싶은 욕심도 있었다.

영어 수업 시간 첫 날, 우리는 영화 '브레이브 하트'를 공부했다. 수업을 더 해가면서 알게 되었지만 영어 선생님은 언제나 영화를 끼고 수업을 하신다. 영화를 보기 전에 영화 배경과 인물, 영화 속에 있는 사실과 허구 등 설명이 적힌 종이를 주신다. 영화를 본 날은 매일 리뷰 종이를 주셨는데 이것이 시험 문제와 직접적인 연관이 된다.

처음에 나는 한국인들이 보편적으로 하는 방법을 택했다. 무조건 외우기. 그러나 그 방법은 통하지 않았다. 시험은 질문을 하면 대답을 하는 것이 대부분이었다. 내가 이런 고난도의 것을 어떻게 할 수 있을까. 다음 날 문제를 풀어 나갈 때 몰래 답을 적어넣곤 했다.

우리는 챕터가 끝날 때마다 정식 시험을 치르곤 했다. 처음에 나오는 문제들은 리뷰 종이에 있는 것이어서 외운대로 적으면 되었는데 그 다음 문제는 'Thinking map'이라 막연하기만 했다.

교실에 들어오면 칠판 바로 옆에 6가지 종류의 'Thinking map'이라는 것이 그려져 있는데 선생님이 시험에 이 중에서 꼭 3개 이상을 내셨기 때문이다.

그냥 하는 것도 힘든데 생각까지 해서 지도를 그려 넣어야 했으니 죽을 맛이었다. 처음에는 선생님도 그 고통을 이해하시는지 칸을 비워두라고 하셨지만 어느 정도 시간이 지나니까 나도 이제는 해야 한다고 요구를 하셨다. 그때의 충격을 생각하면 아직도 몸이 떨린다.

에세이 쓰기도 기억에 많이 남아있다. 우리나라에서는 글 쓰기를 상당히 즐기던 나였다. 그냥 생각나는 대로 쓰면 되었으니까. 그런데 상황이 달라져 버렸다. 나는 한국어를 영어로 고쳐야만 했다. 선생님은 주로 개인적이고 범위가 넓은 주제를 주셨다.

'너의 인생에서 동기가 되는 것들은 무엇이냐?'

'오늘의 기분은 어떠니?'

이 글을 쓰면 선생님은 직접 다 읽어보시고 사이사이에 자신이 이야기하는 것처럼 글을 적어주신다. 내가 메릴랜드에 말을 타러

갔다고 하면 선생님께서는 자기도 말을 좋아하고 기른다는 식으로.

어느 날 다른 아이들이 에세이를 쓰는 것을 힐끔 보았다. 전부 다 길게 쓰는데 나만 짧게 쓴다. 그 사실이 싫었고 자존심이 상했다. 그래서 방도를 찾아냈다. 보통 글을 공책에 쓴다. 그래서 미국 애들은 칸에 쓰는데 나는 한 줄은 칸에 쓰고 그 다음 줄은 줄 위에 쓰는 방식을 택했다. 사이가 많이 비어 보이지도 않고 글도 길어 보여 기분이 나아졌다.

옆에 앉는 친구는 이해를 할 수 없다면서 이유를 물었지만 언제나 웃음으로 대답을 대신했다. 개가 나의 마음을 어떻게 이해할 수 있을까.

한국에 돌아왔을 때 이모가 초등학교 3학년인 사촌 동생의 일기장을 보여 주셨다. 붉은 악마에 대해 적었는데 밑에 선생님께서 적어 놓은 것은 단 한 글자뿐이었다. '미.' 이모는 이 선생님은 매일 이렇게 한다고 했다.

가장 힘들었던 때는 보고서를 써야 할 때였다. 물론 이것은 다른 과목에서도 다 요구를 하지만 영어 시간이 가장 엄격했기 때문에 더 힘들게 느껴졌던 것 같다. 평가 항목은 보고서 그 자체만이 아니었다. 찾은 자료를 기록한 정보 카드, 보고서, 발표하기까지 3가지였다.

나중에 성적표를 받아보니 정보 카드가 제일 위에 있었고 그 밑에 문장의 정확성, 문단 구분, 내용의 일관성, 내용의 충실성 등 각

항목마다 점수가 각각 매겨져 있었다. 그 밑에 발표 항목에는 정확한 표현, 목소리 크기 등으로 나누어졌다.

나는 한국에서 수행 평가를 하면 자습서나 인터넷에서 그대로 베껴서 내는 경우도 많았는데 여기서는 자료를 찾아서 쓰고 출처를 반드시 쓰라는 것이었다. 인터넷을 이용했다면 그 홈페이지 주소까지 하나하나 다 적어야만 했다. 그리고 보고서의 뒷 부분에도 칸을 만들어 다 적어 넣었다.

미국은 지적 재산권에 대해 무척 엄하다더니 이 정도일 줄이야. 타인의 것을 말도 없이 이용하는 것은 타인에 대한 불공경과 같다나. 이런 것들을 보고 이런 생각이 들었다. 미국의 교수님들이 열심히 연구하는 것은 남들이 자신의 업적에 대해 경의를 표시할 줄 알기 때문이라고.

또다시 심호흡을 한다. 영어 수업을 들어가야만 한다. 가슴이 쿵쾅거린다. 나는 친구들이 공포 영화 보러 가자는 것보다 영어 수업 들어가는 것이 더 무섭다. 생지옥이다. 그러나 긍정적으로 생각하기로 했다. 더 이상은 눌리고 살지 않겠다고. 내가 영어를 정복해 버리겠다고 말이다.

이제 미국에서 유학을 한지 2년째 된다. 언어라는 것은 쓰면 쓸수록 느는 법인 것 같다. 이제 구어체에서는 별다른 어려움을 느끼지 않는데 아직도 문어체에서는 어려움을 느낀다.

한국인 중에도 한글로 글을 쓰는 것에 어려움을 느끼는 이들이 많은데 나는 외국어로 글을 써야 하니 그 부담이 얼마나 크단 말인가. 거기다가 아직도 어휘력을 더 강화해야 하고 그것을 적절한 상황에 넣어 사용하는 능력을 길러야 한다는 숙제가 남아 있다. 구어체가 그렇게 늘어갔듯 꾸준히 책을 읽고 글을 써서 영어 숙련자에게 교정을 받으면 내 작문 능력도 늘어가지 않을까 한다. 배움에 왕도는 없는 듯 하다. 하루하루 꾸준히 해서 좋은 결과를 기대할 뿐.

"대학? 대학 문제는 걱정말고 나한테 다 맡겨. 내가 다 책임지고 시간표를 짜 줄 테니까."

처음 산타 바바라에 있는 학교에 왔을 때 카운슬러인 듀위 선생님께서 자신을 믿으라면서 나 대신 시간표를 짜시는데 나에게 AP 칼큘로스, 한국으로 치면 미적분학 수업을 듣고 싶으냐고 물으신다. 이곳에 있었던 한국 아이들은 수학을 너무 잘한다는 말을 덧붙이시면서. 사실 이 반에 들어오니까 한국 남자 아이들이 2명이나 있다. 한국 유학생이 나를 포함해서 4명밖에 안 되는 것을 고려하면 75%의 한국 학생이 이 반에 있는 셈인가?

우리나라는 공통 수학으로 한 책 안에 모든 내용이 담겨 있다. 확률, 방정식, 도형, 그래프 등. 여기서는 이런 것이 다 나누어져 있다. 알제브라1은 주로 1차 방정식, 그래프, 기울기 찾기. 이런 것을 배우고 알제브라2는 2차 방정식을 배운다. 또 기하학이라고 해서 도형도 함께 배운다. 주마다 졸업할 때의 필수 코스가 다른데 지금 있는 학교에서는 최소한 3가지의 수학을 마쳐야만 졸업이 가능하단다. 사우스 데이비슨 고등학교에 있을 때에는 노스 캐롤라이나의 교육 제도를 따랐으므로 알제브라1과 위의 두 가지 중에서 하나만 하면 되었는데 말이다. 지금 하는 칼큘로스는 수학 중에서 어려운 편이라 주로 공부 잘하는 아이들이 오는 편이다. 더군다나 AP를 택하면 대학에서 학점까지 인정을 해주므로 그 학교에서 수학을 제일 잘하는 아이들이 오는 경우가 대부분이라고 했다. 그래서인지 아이들이 열심히 하려는 분위기이다.

수학시간에 선생님, 반 아이들과 함께.

칼큘로스는 한국의 고등학생들이 2학년 때 공부하는 미분 적분 그 대로이다. 사실 내가 노스 캐롤라이나에 있는 학교에서 교환 학생을 하던 시절에도 한 번 해본 적이 있었다. 내가 원래 수학에 굉장히 약한데다가 그 당시에는 영어를 하나도 모르는 상태였으므로 선생님의 설명을 알아들었을 리가 만무하다. 그러나 다행히도 그 당시 내가 한국에서 고등학

배짱도 실력이다

교 2학년 1학기를 마치고 갔기 때문에 이미 그 부분을 모두 끝낸 상태였다. 그래서 태어나서 처음으로 아이들에게 '수학 천재' 라는 말도 안 되는 소리를 들으며 수학을 아주 부드럽게 해결했다. 그리하여 9주가 지난 후에 받는 중간 성적에서 수학을 1백 점으로 끝내는 기염을 토하기도 했다.

다음 9주에는 한국에서 배우지 않은 내용을 공부했다. 설명도 못 알아 들어 성적이 많이 떨어졌지만 그것은 내 계산력의 문제라기보다는 칼큘로스 기계 사용법을 몰라서였다. 미국 아이들은 수업 중에 모든 것을 계산기로 끝낸다. 그래프 그리는 것도 기계로 끝낸다. 선생님께서 열심히 설명을 하셔도 못 알아먹는 것을 어찌 하겠는가. 기계에 넣어 그래프 그리고 영역 표시하는 것은 아직도 무섭다. 이곳에서 수학 공부할 때 손으로 계산하고 머리로 그래프 그리는 사람은 단 둘이었다. 일본 교환 학생과 나.

우리나라 고등학교의 수학 시험은 1년에 4번이다. 중간 고사와 기말 고사. 이것이 일년에 4번 있으니까 말이다. 중학교 2학년이었던 당시 교육 제도가 크게 바뀌었고 수행 평가를 치르기 시작했다. 내가 다니던 고등학교는 수행 평가 예상 문제를 10개 정도 내주었고 그 안에서 문제가 출제되었다. 계산 과정을 모두 적는 부담감을 줄인다는 이유였다. 또한 내신이 중요하니까 학생들의 성적을 올려주자는 이유도 있었다. 시험 예상 문제는 당연히 학원에 다 노출이 되어 풀이법이 깔끔하게 적혀 복사되어 나왔다. 그리고 이 시험은 결국 성격이 변해 버렸다. '암기 시험'으로.

미국에서는 수학 시험을 굉장히 자주 쳤다. 시험은 우리처럼 한 학기 당 2개로 미드텀(mid-term, 중간고사)과 파이널(final, 기말고사)이다. 하지만 퀴즈라든가 점검 테스트 같은 것들이 많아서 심할 때는 1주일 내내 시험을 쳤다. 선생님께서는 그 많은 것들을 하나하나 다 기록하셔서 평균 내서 성적을 내주시곤 했다.

우리나라에서는 수행 평가 형태인 주관식 시험이 여기서는 일반적인 시험 형태였기 때문에 시험 때마다 그 계산 과정을 다 적어야만 했다. 처음에는 귀찮았는데 성적 내는 과정을 보고 대만족했다. 계산 과정마다 점수를 매기는 방법을 택했으므로 점수 내려가는 폭이 적었다. 한 부분을 실수해도 실수한 부분 뒤로는 계산 유도 과정이 바르면 성적을 인정해 주시는 것이었다.

수학 수업 말기에 정신력이 해이해졌기 때문인가? 한 번은 5문제 중에서 정답이 하나도 없었다. 우리나라 말로 하자면 0점이었다. 그런데도 80점이나 받았다.

언제나 내가 한 번도 맞추지 못한 형태의 문제가 있었다. 이름하여 '보충 퀴즈'. 아이들의 성적이 너무 낮다고 생각이 되실 경우 쉽게 풀라고 내주시는 것인데 언제나 발목이 잡히곤 한다.

'내 아들은 할로윈 데이 때 무슨 옷을 입었지요?'

'내 생일은 언제이지요?'

보통 선생님께서 아이들과 수다를 떠실 때 했던 이야기가 퀴즈였

다. 당시 영어를 힘들게 알아듣던 나였다. 어떻게 그것을 즐기면서 들을 여유가 있었으랴. 이것의 결과가 그렇게 막대할 줄은 몰랐다. 나는 만점을 언제나 1백 점이라고만 생각했다. 그런데 이것은 1백 5점도 될 수 있었고 1백 8점도 될 수 있었던 것이다. 지나간 것을 후회한들 어쩌겠냐만 아이들이 선생님의 성적 처리 방식을 믿으니까 이런 것들이 가능한 것 같다.

'한국 아이들은 수학 천재들.'

미국 수업 시간이 힘들 때는 기초에 중점을 둘 때이다. 어느 날 주에서 나눠준 학력 평가 수학 시험을 치고 있었다. 그런데 내 뒤에 있는 아이가 로그가 뭐냐고 묻는 것이다. 나는 당연히 한국서 배운 정의를 적어줬는데 왜 그렇게 되는지 묻는 것이다. 그런 것을 한번도 생각해 본 적이 없었는데.

"아빠, 이 문제 어떻게 풀어요?"

"…자 됐다. 이렇게."

"왜 이렇게 되는 건데요?"

"그냥 그런 거야, 임마. 그냥 그렇게 풀어."

LA에서 어떤 한국인 아저씨도 말씀을 해주셨다. 자기 딸이 수학 문제를 물어 풀어 주니까 원리를 가르쳐 달라고 해서 꿀밤을 한 대 놔주었다고.

이곳에서는 원리를 하나하나 다 설명해 준다. 그래서인지 아이들이 생활에서 그것을 잘 응용한다고 한다.

그래도 한국에서 온 아이들은 수학 하나는 잘한다. 물론 수학을 정말 잘하는 아이들도 많겠지만 그렇지 않은 경우도 잘한다. 한국의 수학이 기본적으로 미국의 수학보다 어려워서인 듯 하다.

교환 학생들도 수학 성적 하나는 정말로 좋다고 한다. 어떤 아이는 수학에서 A＋를 받아서 우수상 시상식 날에 교장 선생님으로부터 직접 상장을 받았다고 자랑을 했다. 다른 아이는 주에서 있었던 수학 경시대회에서 우수한 성적을 거두어 주립 대학교에 장학금까지 받으며 들어갔다고 한다.

나의 경우 작년에는 보통 칼큘로스 반에 있었지만 지금은 AP 반에 있다. 그런데도 실력은 기본 정석 수준밖에 안 되는 것 같다.

"수학 쉽지요?"

"한국에서도 정석 가지고 공부하잖아요. 여기 아이들도 공부한단 말이에요."

미국 남부 지역과 공립 학교들은 학교에서 공부를 많이 시키지 않는다고 한다. 작년에는 비교적 쉬웠다. 그런데 산타 바바라에 있는 사립 학교의 교환 학생이 된 후에는 많은 숙제와 시험으로 고달픈 나날들의 연속이었다. 처음에 보았던 두 시험은 C를 받았지만 그 후로 계속 최고 성적을 받아서 1등으로 그 반을 마치게 되었다. 미국에서는 아무리 수학이 어렵다 하더라도 한국만큼은 아니기 때문에 선생님 말씀을 잘 듣고 선생님께서 내주신 프린트나 숙제만 잘 하면 좋은 점수는 이미 다 따놓은 것이라 할 수 있다. 내가 수학

배짱도 실력이다

때문에 투자한 노력들을 생각해 본다. 에고, 수학은 역시 나의 영원
한 맞수인가.

영어 때문에 생긴 에피소드

적과의 동침

"아니! 혜림이가 외국인과 함께 있다니!"

교환 유학 후에 한국에 돌아와서 새로 사귄 캐나다 친구와 함께 피자집에 갔을 때이다. 우연히 오랜 친구를 만났는데 내가 외국인과 함께 있는 것을 보고 놀라는 것이었다. 그 친구가 아는 내 영어실력이란 한국의 여느 학생과 다름없이 수능시험 지문 읽을 줄 알고 단어 조금 아는 그런 정도였으니 말이다.

신디와 가발 쓰고 찰칵.

배짱도 실력이다

사실 내가 미국에 가기 전에는 영어를 '정말' 못 했다. 교환 학생을 뽑기 위한 시험을 칠 때 같이 있던 아이는 캐나다에서 18개월 정도를 산 적이 있었고 공부도 아주 잘했다. 시험 문제는 65개로 그렇게 어려운 것이 아니었다. 중학교 3학년 영어 공부만 열심히 했어도 잘 칠 수 있는 정도였다고 생각한다. 걔는 63개를, 나는 45개를 맞췄다. 내 자신에게 감사한 순간이었다. 44개 이상 맞추면 교환 학생이 될 수 있다는 소리를 들었을 때는. 내 영어는 그런 정도였다. 오죽했으면 그 언니가 좋은 성적이 아니니까 가기 전에 공부 많이 해서 대비를 철저히 하라고 했을까.

사실 그 시험을 치른 후에 마음만 먹었다면 공부를 좀 할 수도 있었을 것이다. 그런데 그때 미국에서 2년 동안 유학 생활을 하고 막 귀국한 친구가 하나 있었다. 걔가 영어 공부 많이 하지 않아도 어차피 영어만 듣고 살 거니까 미국 가서 3개월만 지나면 문제없을 것이라고 했다. 또 내 신분이 교환 학생이니까 사람들이 내 영어가 좀 떨어져도 이해하고 도와주겠지 하는 느긋한 생각도 했다. 그래서 그 흔한 영어 학원 한 번 가지 않고 미국에 도착하자마자 스스로에게 전쟁을 선포했다.

'영어 전쟁.'

예상이 빗나갔다. 처음에는 모든 친구들이 다정하게 잘 해주었는데 며칠이 지나자 본성을 드러내기 시작했다. 내 뒤에 앉은 세라라는 아이는 수업 시간에 내가 모르는 것을 친절히 설명해 주더니 일주일이 지나니까 짜증을 내기 시작했다. 도착한 다음 주 수요일이었다. 수학 선생님이 그동안 치른 시험지들을 내주시며 '하이림(hye-lim)' 하고 나를 불렀는데 알아듣지 못 했다. 한국식 이름을 불러도 알아들을까말까 했던 때인데 발음마저 다르니 못 알아듣는 것이 더 당연했을지도 모르겠다. 세라가 내 등을 쳤기 때문에 나가서 시험지를 받아올 수 있었다.

그 날 4교시, 영어 시간에 보조 교사(substitute teacher)가 와 있었다. 하필이면 그날따라 행사가 있어 나를 언제나 도와주던 트레비스라는 친구도 오지 않았다. 아이들은 시간이 조금 지나자 슬슬 자기들끼리 모여서 이야기를 나누기 시작했다. 그런데 세라라는 아이가 '오늘 수학 시간에 말이야(Today in my math class)…' 라고 하면서 내 이야기를 시작하는 것이었다. 미국 간지 딱 1주일 정도 됐으므로 거의 알아듣지 못했는데 딱 한마디 '멍청이(stupid)' 라는 말을 알아듣고 말았다.

안 그래도 힘들고 서러웠는데 그렇게 드러내 놓고 나를 비웃자 눈물이 줄줄 흘러내리기 시작했다. 보조 선생님은 내가 우는 이유도 모르고 향수병이라고 생각했는지 자기가 먹고 있던 빵을 떼어주면서 '울지 마. 조금 있으면 미국 생활에 적응이 될 거야' 라고 하는 것 아닌가.

그 날의 슬픔은 큰 상처로 남아 버렸다. 그 날 집에 가자마자 아주머니에게 아프다는 핑계를 대고 자버렸다. 그 다음 날은 감기라고 하고 아예 학교를 가지 않았다.

그 후 또 다른 문제가 일어났다. 바로 예스(yes)와 노(no).

"Can you speak English(영어 할 수 있지)?"

"Can't you speak English(영어 할 수 없지)?"

이 두 질문에서 영어를 할 수 있으면 무조건 'yes'라고 대답해야 하고, 영어를 할 수 없으면 무조건 'no'라고 대답해야 하지만 미국 생활 초기 시절에는 언제나 머리 속에서 한국어로 번역이 되었기 때문에 대답이 달랐다. 그것을 발견해 낸 짓궂은 아이가 하나 있었다.

"Don't you have a eraser(너 지우개 없지)?"

물론 얘는 내가 지우개를 가지고 있다는 것을 알고 있었다. 아마도 나에게 장난을 해 보고 싶었나 보다. 내가 no라고 했다가 yes라고 대답을 바꾸자 친구와 웃으며 간단한 질문에 대답도 제대로 못하는 모습이 멍청이 같다는 등 잡담을 나누는 것 아닌가. 이런 대접을 받아야 했던 내 신세에 얼마나 가슴이 쓰리던지.

예전에 교환 유학 재단 주최 설명회에 왔던 교환 학생 출신의 남자 아이가 말했다. 3개월까지는 죽을 정도로 힘들어 엄마와 전화 통화를 할 때도 미국에 어학 연수로 왔으면 더 나았을 것이라고 말했다고 한다.

"한국에도 판다 곰이 있니?"

"동물원에 있어(They live in the zoo)."

"한국에 유태인(jew)이 많다고?"

한국어에 Z 사운드가 없다. 내가 동물원(zoo)이라고 말했는데 그 발음이 유태인(jew) 발음과 같았기 때문에 친구들은 유태인을 이야기하는 줄 알고 혼란스러워 하며 저마다 이상한 표정으로 나를 쳐다본다. 1년이 넘게 계속된 일이기 때문에 이제는 스펠링을 말해 주는 것이 버릇이 되었다.

"본토 발음이 역시 다르긴 하네."

한국에서 어떤 사람이 내게 이런 칭찬을 해 주었는데 피식 웃음이 났다. 내가 영어를 잘 한다고 해도 강한 한국어 악센트가 있기 때문에 미국인들이 때로는 알아듣지 못하는 경우도 있었기 때문이다. 내 친구 신디가 그러는데, 내가 아무리 정확한 발음을 한다 하더라도 특유의 악센트 때문에 발음이 틀린 것처럼 들릴 때가 있단다. 미국에서 살았던 아이들은 전부 다 발음이 좋은 줄 알았는데 그 중 많은 수는 특유의 악센트를 가졌다는 사실을 안 것은 미국을 다녀온 뒤부터였다.

한국어는 발음이 다양하고 어렵기 때문에 영어 발음이 잘 될 것이라고 생각했다. 일본인들과 중국인들의 영어 발음이 너무 이상해서 비웃기도 했다. 그러나 한국인의 영어 발음은 한국인들이 생각하는 것만큼 좋지 않다는 것을 LA에 와서 알게 되었다. 오히려 미국에서 태어난 중국인들이 한국인들보다 영어를 훨씬 잘한단다. 어순이 비슷하기 때문이란다. 어려서 오지 않은 이상, 외국인이 본토 발음을 미국인들과 거의 비슷한 수준으로 하는 것은 거의 불가능하다고 본다.

 배짱도 실력이다

　LA에 갔을 때 미국에서 20년이나 살았던 팔레스타인 사람을 봤는데 아직도 강한 자기들만의 악센트가 있었다. 호스트 아주머니의 친척 분 중 하나가 나중에 영어가 더 나아지면 자기 발음을 녹음해 자기 소리를 직접 듣고 실수들을 고쳐나가야 한다고 하셨다.

　오늘도 서점을 가보면 한 쪽 벽면에 외국어 서적이 가득 차 있다. 많은 사람들이 영어를 배우려고 다른 나라로 건너가기도 한다. 어떤 식으로 영어 공부를 시작하게 되든 누구나 할 것 없이 고통을 겪을 것이다. 하기 싫어도 산전수전을 다 겪게 되는 '적과의 동침'이 시작되는 것이다. 그래도 언어란 정말 매력적이다. 일단 시작한 순간부터 이때까지와는 전혀 다른 세계가 다가오니까.

역사, 나의 꿈
역사 수업 시간

"솔직히 말해서 미국인들은 콧대가 너무 높아. 아무리 자기들이 겸손하다고 말해도 말이야."

세계에서 두 번째로 부자 나라인 일본에서 교환 학생으로 온 아이가 나에게 몰래 이야기 해주었다. 나는 속으로 이렇게 생각했다. 네가 그렇게 느낄 정도면 그보다 약한 나라에서 온 나는 오죽하겠냐고. 자신들은 지각하지 못하지만 미국인들은 은근히 미국 자랑을 많이 한다. 생활 속 깊이 밴 습관과도 같아 들어주기가 짜증난다.

'세계를 이끄는 가장 강하고 부유한 나라, 미국.'

하나의 관념과도 같이 단단하게 박혀 있는 '이것'은 어릴 때부터 배워온 것임에 틀림이 없었다.

나는 사우스 데이비슨 고등학교에서 두 가지 역사 수업을 들었

다. 첫 번째는 세계사였고 두 번째
는 미국사였다. 교환 학생들이 미
국에 온 이유 중의 하나가 미국 문
화를 습득하는 것이기 때문에 미
국사를 무조건 공부해야 한다는

옛 인디언들이 바위에 새겨놓은 암각화.

규정이 있어 미국사는 내 의사와 관계없이 선택하게 된 것이었지만
세계사는 내가 정말로 좋아서 선택한 과목이었다. 이것은 나의 꿈
과 직접적으로 연관이 되기 때문이다. 어릴 때 '세계의 역사'라는
책을 보다가 이런 부분을 읽게 되었다.

'중국의 은 왕조는 19세기 초에 갑골 문자에 의해서 그 실체가
드러났지만 그보다 더 오래된 하 왕조는 아직까지도 비밀에 휩싸여
있다.'

이것을 보고 이렇게 생각했다. 내가 그 왕조를 발굴하는 사람이
될 수 없을까 하는. 트로이 유적을 찾기 위해 평생을 바쳤던 하인
리 슐리만처럼. 그 후로 시간이 흐르면서 흥미도 바뀌었지만 그 초
점은 언제나 역사를 향해 있었다. 지금의 나는, 커서 유네스코에서
일을 하고 싶다. 이것은 국제 기구 중의 하나인데 역사적인 건물들
을 정하고 관리하는 일도 맡고 있다. 우리나라 비원이나 그리스의
파르테논 신전은 그 곳에서 세계 문화 유산으로 정하였다. 아직 잘
모르지만 유네스코에서 일을 한다면 내가 원하는 것과 관련이 있으
니까 좋고, 역사 공부하면 평생 가난하다고 하시는 주변 사람들에게
걱정을 끼치지 않아 좋고, 세계 문화 유산들을 돌아보면서 여행을

다닐 수 있는 것이 좋지 않겠는가. 가면 안 된다는 미국도 나 혼자 마구 밀어서 왔으니 힘을 조금 더 내서 역사 공부도 마음껏 하련다.

들뜬 마음으로 시작한 첫 번째 세계사 수업. 조금만 공부하다 보면 그들이 말하는 세계사는 유럽사라는 것을 느끼게 된다. 우리나라가 중국의 역사를 중시하는 것은 국사의 많은 부분이 중국의 역사와 상호 공존을 하고 있고 우리가 사고하는 많은 부분이 그들의 사상과 일치하기 때문일 것이다.

미국이 아무리 다민족 국가라고 하더라도 주된 세력, 즉 미국을 이끄는 이들은 모두 유럽에서 왔다는 것은 다 아는 말이다. 그러니까 소위 말하는 WASP(화이트, 앵글로색슨, 프로테스탄스)가 생겨난 것이 아닌가. 한국에서 세계사를 배우고 왔는데도 자세하게 배우니까 머리가 폭발할 지경이었다. 특히 그리스와 로마의 민주주의와 근대에 일어난 철학과 민주주의의 흐름을 아주 자세하게 배웠다. 결국 세계사에서 가장 중요했던 것은 이것을 깨닫는 것이었다.

'역사는 인과 관계이기 때문에 필연의 법칙이 통한다.'

'우리는 고대부터 시작된 민주주의의 흐름을 배우고 그것이 현대의 삶에 어떻게 적용되어 있는가를 안다.'

미국인들이 스스로를 어떻게 생각하는지를 아는 방법은 역시 미국사 수업을 들어보는 것이라고 생각한다. 미국사는 모든 학생들이 인정하는 '상당히 힘든 시간'이다. 미국이 건국되고 나서부터 조인된 온갖 약속들과 그것을 했던 사람들의 이름은 물론이고 헌법 중의 일부분까지도 외우게 한다. 생각하면 우스운 일이었다. 내 나라 법도 잘 모르는데 남의 나라 법을 달달 외우고 있다니. 초기에는 종교의 자유를 얻으려고 노력했던 사람들과 영국인들에게 맞서 자유와 평등 그리고 평화를 지키기 위해 싸우는 눈물 겨운 미국인들의 모습이 나온다. 이때부터 친구들은 이렇게 생각하기 시작한다. 미국이 지금 전 세계 사람들에게 자유를 더 많이 주려고 노력을 하는 것은 이때의 이 정신으로부터 비롯된 것이라고.

시간이 지나고 국력이 커져가면서 이것은 더 심해진다. 자신들이 국력을 확대하는 과정에서 썼던 온갖 술수는 어디로 갔는지 찾을 수가 없기 때문에 상당히 아니꼬웠다. 메인이라는 미국 배가 있었는데 어느 날 폭발했다. 미국은 그 원인을 스페인의 공격으로 규정했다. 그리고 그것을 명분으로 스페인과 전쟁을 일으켜 자신들의 세력을 확장했던 것이다. 나중에 한 잡지책에서 메인호는 자체적으로 폭발이 일어나도록 설계가 되어 있었다는 내용을 읽은 적이 있었다. 전쟁 명분을 만들기 위한 음모였다나. 그러나 우리들에게는 '그 배가 미스테리하게 폭발했다' 라고 가르친다. 이런 식이니까 친구들은 미국이 하는 일들이 무조건 옳고 좋은 일인 줄로만 알고 있다.

"북한 놈들은 자기 국민들이 굶어 죽는데도 무기 사는 데에만 돈을 다 쓰는군. 그 돈이 아마도 세계 제일이라고 하지?"

"세계에서 무기를 제일 많이 만들어 파는 나라는 미국이야."

"우리는 세계를 지켜야 하니까 그런 것이야. 오히려 그런 나라들 때문에 우리나라가 돈을 많이 써야 한다는 것을 왜 모르니?"

내가 미국이 무기 만드는데 쓰는 돈이 다른 나라보다 얼마나 많은지를 신문에서 읽었지만 당시 내 언어적 어려움으로 씩씩거리면서 끝낼 수밖에 없었다. 내가 증명을 하려고 한다 해도 그것이 한국 신문이었으니까 친구들은 자기 나라 정보가 아니면 아무 것도 믿지 못한다는 억지 주장으로 나를 무시하곤 한다. 이렇게 세계 1차 대전으로 시작되는 근대사에서의 미국의 이미지는 한마디로 '굳건' 하다. 친구들은 전부 이렇게 말한다.

"우리가 세계 1,2차 대전을 끝냈고 한국을 도와서 북한을 물리쳤으며 결국은 소련도 무너지고 말았다."

아프가니스탄을 탈리반이라는 위협에서 구해냈다는 말은 아무리 불쾌하더라도 속으로 욕하고 겉으로는 웃어줄 수 있었는데 북한에 대해서 이야기를 할 때는 정말 화가 많이 난다.

"우리가 지금 제일 싫어하는 나라가 둘이야. 중국과 북한."

"왜?"

"공산주의잖아. 이게 얼마나 위험한지 넌 모른단 말이니?"

걔들은 공산주의의 개념조차 모르면서 공산주의 그러면 무조건 나쁘게만 생각을 한다. 북한이 얼마나 위험한 나라인지를 내게 말해주면서 그들도 언젠가는 미국 앞에서 힘을 못 쓸 것이라는 식으로 내게 말해줄 때 그냥 입을 꾹 다물었다. 두고 보자. 나중에 저명

배짱도 실력이다

한 학자가 되어 너희들의 의견을 꽉 눌러주마 하는 심정으로. 최근에 테러 사건이 난 이후로 미국인들의 애국심이 더 강해져서 그것이 더 심할지도 모르겠다. 내가 말을 해서 무엇을 하리. 국력이 약한 탓이다.

미국에 갔다 와서 한국보다 미국에 있는 것이 더 좋다고 말을 하는 것은 내가 내 조국을 사랑하지 않는 것은 아니다. 사실 나는 내 조국을 그 무엇보다도 사랑한다. 조그만 원에 빨간색과 파란색이 나누어진 그림만 보아도 태극기가 떠오른다. 다만 그 사랑을 실천하는 방법이 다를 뿐인 것 같다. 유태인들이나 중국인들처럼 미국 문화에 적응하면서 속으로 한국을 사랑하고 후원하는 이가 되고 싶다.

교환 유학이란

교환 유학은 다른 나라 출신의 중, 고등학교 학생들이 1년 동안 미국 고등학교에서 현지 학생들과 수업을 같이 하며 다른 문화를 체험하는 제도이다.

미국 고등학교 교환 유학 제도는 1981년에 만들어진 미국 정보 교육 교류법에 기초를 두고 미국 국무성이 관할하는 공식 유학 제도로 1982년 레이건 전 대통령이 이 계획을 국제 청소년 교류 계획으로 새롭게 정비하여 큰 발전을 하였다고 한다.

학생들은 1년 또는 6개월 중에 자기가 원하는 기간을 신청할 수 있다. 교환 유학이란 현지에서 영어를 배우고 공부만 하는 것이 아니라 호스트 가족들과 함께 살며 미국의 문화를 이해하고 다른 나라 학생들의 문화를 알 수 있게 하여 문화 장벽을 낮추려는 제도이

배짱도 실력이다

다. 이 기간이 끝난 후 반드시 귀국을 해야 하기 때문에 비행기 표를 살 때에 반드시 올 때의 표를 포함한 오픈 티켓(open ticket)을 끊는다.

교환 유학을 신청할 때 공립학교를 원하는지 아니면 사립학교를 원하는지 결정해야 한다. 사립학교를 원할 경우 어느 정도 가격의 학교를 원하는지도 적어낼 수가 있다. 가톨릭계 사립학교의 경우 가톨릭 재단에서 교육비의 일부를 부담하기 때문에 다른 사립학교보다 싸면서도 우수한 교육을 제공하는 경우가 많다. 가기 전 돈을 조금 더 내고 일정한 기간 동안 미국 내에서 어학 연수를 신청할 수도 있다.

교환 유학생을 받아들이는 국가에는 보통 각 지역마다 지역 책임자(Area Representative, Area Coordinator)가 있다. 미국의 경우 하와이와 알래스카를 제외한 주에 각각 한 명씩 있다. 이 지역 책임자는 호스트 가족과 학교 선택을 돕고 유학생과 호스트 가족 사이의 문제점을 해결하는 역할을 한다. 그리고 정기적으로 다른 교환학생들과의 만남을 주최하기도 한다.

교환 유학의 좋은 점

교환 유학의 장점은 첫 번째로 싼 가격이다. 재단에 내는 돈과 항공료, 한 달에 쓰는 용돈을 제외하면 모두 무료이므로 정규 유학보다 훨씬 싼 가격에 미국에서 공부를 할 수 있다.

두 번째 한국인들이 전혀 없는 지역에 가므로 영어를 굉장히 빨리 배울 수 있다. 하루 종일 듣고 말하는 것이 영어뿐이니 그럴 수밖에 없다.

세 번째 그 주에 있는 세계 각국에서 모인 교환 유학생들을 만날 수 있고 겨울 방학 같은 기간에 돈을 내면 다른 주에 있는 교환 유학생들과 함께 여행도 갈 수가 있다.

네 번째 교환 유학을 마치고 돌아온 후 미국 체류 증명서, 미국 학교 재학 증명서나 GPA, 즉 미국 학교 성적 증명서를 구비하면 1년 간의 교환 유학을 인정 받아 동급생들과 함께 진급하거나 1년 느리게 공부하는 등 선택할 수 있는 기회가 있다.

교환 유학 참가 자격

문화 교류와 이해를 목적으로 하기 때문에 다른 문화를 쉽게 받아들일 수 있는 열린 마음을 가진 사람은 교환 학생으로 적당하다. 물론 최소한의 영어 실력은 필요할 것이고 자신의 결정을 책임질 수 있어야 하며 새로운 문화 환경에 적응할 수 있어야 한다. 그리고 다른 문화와 내 문화를 비교 분석하여 좋은 것을 받아들이고 더 나은 미래를 이끌 수 있다면 가장 적합한 경우라고 할 수 있다.

① 만 15세 이상~18세 이하(중학교 졸업자·졸업 예정자~고등학교 2학년, 떠나는 날 기준임) 학생.

② 최근 3년 간 학교 성적이 중, 상위권(우 또는 미, 재단에 따라 다름) 이상인 학생.

③ 건강 검진에 이상이 없어야 함. 물론 재단에서 요구하는 모든

배짱도 실력이다

예방 접종을 미국에 가기 전에 해야함.

④ 미국 비자 발급에 결격 사유가 없는 학생.

⑤ SLEP(TOEIC 형식의 영어 필기시험) 67점 만점에 45점 이상을 통과한 학생. 그러나 재단에 따라서 SLEP 대신 일정한 점수 이상의 TOEFL을 요구하는 경우도 있다.

교환 학생이 지켜야 할 일

① 미국 문화에 대한 이해와 적응력, 호스트 패밀리와의 생활에 우호적으로 협조하고, 호스트 패밀리의 의사를 존중하고 미국의 일상적인 가정 생활에 대한 이해가 있어야 한다.

② 미국 현지 기관이 지정한 지역·학교·호스트 패밀리에 대하여 바꿔주기를 요구를 할 경우 원인을 조사하고 그것이 정말 문제가 된다고 생각하면 바꿔준다. 그러나 불합리하거나 합법적인 절차나 동의 없이 이를 변경해 달라고 요구할 경우 현지 기관은 이를 거부할 수 있으며 교환 학생은 이를 따라야만 한다.

③ 미국 현지의 규정 및 법규를 위반하여 발생하는 개인적인 문제나 학교 생활의 부적응 등 개인적인 원인에 의해 발생되는 문제에 대해서는 개인에게 그 책임이 있다.

④ 성적 부진, 이성 교제, 음주, 흡연, 마약, 정신적 또는 신체적 비이성적 행동, 질병, 알레르기, 특별한 식이요법을 필요로 하는 학생 등 정상적인 학교 생활에 문제 될 소지가 있는 학생은 미 현지 기관이 이를 거부할 권리가 있으며 학생은 이 결정에 따라야 한다.

⑤ 호스트 패밀리에 대한 불필요한 요구 사항이나 호스트 패밀리의 동의 없는 외출, 외박, 여행 등 개인적인 행동은 금지되어 있다.

⑥ 교환 학생은 미 현지 기관, 학교, 호스트 패밀리가 요구하는 현지 규정 및 문화를 존중하고 준수해야 할 의무가 있으며 만일 이를 어기거나 거부함으로써 발생되는 미 현지 기관의 귀환 조치, 학교의 징계나 처벌 등 불이익에 대해 재단은 책임을 지지 않는다.

⑦ 지난 3년 간 학교 성적이 평균 70점 이하이거나, SLEP 테스트에 불합격한 학생은 참가할 수 없으며 각종 증명 서류를 허위로 작성하거나, 선발 과정에서 부정 행위 등 불법적인 사유가 발생할 시에는 재단 또는 미 현지 기관은 학생의 참가를 거부할 수 있으며 참가자는 이에 대해 이의를 제기할 수 없다.

⑧ 미국은 만 18세 미만은 담배를 살 수 없고 만 21세 미만은 술을 살 수 없다. 미 연방법 또는 주법을 위반하여 생기는 문제에 대해 미 현지 기관 및 한국 재단은 책임을 지지 않으며 개인적 결격 사유에 의한 비자 거절, 미 현지 기관의 참가 거절 등에 대해서는 전적으로 참가자의 책임이며 이에 대해 한국 재단

세계사 시간에 친구들과 함께.

배짱도 실력이다

은 책임을 지지 않는다.

⑨ 프로그램 참가 기간 동안에는 학부모나 친척, 법적 보호자 등의 학생 방문은 허락되지 않으며 질병, 재난 등 특별한 사유로 방문하거나 학생을 귀국 시키고자 할 경우에는 재단으로 그 사실을 알리고 동의를 얻어야 한다.

⑩ 교환 학생 프로그램 종료 기간(J-1 비자 만료일) 이전에 반드시 한국으로 입국해야 하며 이를 어기거나 개인적인 행동에 의해 발생된 불이익에 대해 재단은 책임을 지지 않는다.

2 미국인, 미국 문화

America
ABC
dream
Schoolbus

치유 불가, 마음의 병

향수병

가장 서러울 때는 타향 땅에서 몸이 아플 때라는 말이 기억에 남는다. 이럴 때는 무의식적으로 손이 전화기로 간다. 그 비싼 국제 전화를 가족들한테는 안 하고 친구한테 한다. '어떻게 그럴 수가' 할 수도 있겠지만 내 나름대로 생각이 있다. 자식을 외국에 보낸 부모들 중에 마음 편하게 사는 사람이 어디 있겠는가. 그런데 울거나 힘들다는 말을 하면 더 힘들게 만들 것 같아 괜히 친구들에게 하소연을 한다. 내가 많이 힘든 상황이라는 것이 티가 날 정도로.

처음에는 문화가 다르기 때문에 생기는 오해로 굉장히 고생을 했지만 이런 것은 시간이 지나면 자연 치유가 된다. 그런데 시간이 갈수록 심해지는 것이 있다. 가족 없는 외로움이다. 특히 몸이 아플 때에는 더욱 가족이 그립다.

내가 본디 몸이 그렇게 튼튼한 편은 아니었다. 잦은 감기와 두통 그리고 생리통에 항상 시달렸다. 한국에서야 아프면 병원에 가면 되지만 이곳에서 병원엘 간다는 것은 상상도 못했다. 병원비가 아주 비싸서. 그래서 몸이 아프면 한국에서 사온 약들의 사용 설명서를 하나하나 다 읽어보고 내가 직접 약사가 되어 처방을 했다. 지금은 몸이 아프면 어느 정도 심한 상태이며 어느 정도 지속될 것이라는 것까지 예측 가능한 정도가 되었다.

미국에 오니까 생리통 걱정은 없어졌다. 방학 때 한의원에서 약을 지어먹은 것이 큰 도움이 된 것 같다. 그리고 한국에 있을 때보다 공부에 스트레스를 덜 받는다. 스스로 배우려고 노력하는 학습 태도에 따라 성적이 좋아져 그런 것 같다. 힘이 들어도 노력하는 만큼 대가가 반드시 돌아온다는 것을 알기 때문이라고 해야 할까.

새로운 곳에 가면 어김없이 병을 얻는다. 노스 캐롤라이나에 처음 갔을 때 2주만에 목감기에 걸려 고생을 했다. 나는 아주머니가 준 아침을 혼자 먹은 후 약 먹고 잤다. 깊게 잠들면 상관이 없다. 그러나 잠이 옅게 들면 괴롭다. 꿈이 비친다고나 해야 하나. 내가 고향 땅에 있는 꿈을 꾼다. 일어나면 현실이 아니다. 마음으로는 강해져야지 하는데 눈에서는 눈물이 하염없이 떨어져 볼에는 새로운 강줄기가 생기고 베개에는 작은 호수가 생겨 버린다. 혼자 있는 것은 역시 서럽구나.

산타 바바라에 와서도 목감기에 걸렸다. 나와 크로스 컨츄리를 하는 아이의 물을 마셨는데 그 아이에게 감기가 있었던 것이다. 열이 나고 앞이 안 보일 정도로 어지러웠다.

"나 아파서 그러는데 그냥 결석할까?"

"오 마이 갓, 너 그러면 숙제가 밀리고 그날 있었던 테스트들도 따로 치러야 할 텐데?"

하루 동안 해야 하는 숙제가 산더미 같은데 이틀 분량을 해야 한다고 하니 도저히 상상이 안 된다. 한국에서는 아프다고 핑계를 대면 숙제를 안 해가도 별 상관이 없었는데 이곳에서는 난리가 날 일이었다. 숙제 때문에 감기의 한계에 도전하게 될 줄은 꿈에도 생각해 보지 못한 일이었다. 한국처럼 아프면 양호실에 누워 있을 수 있는 것도 아니고 그렇다고 책상에 엎드려 있지도 못 하게 한다. 태어나서 처음으로 말로만 듣던, '정신력의 힘' 으로 버틸 수밖에 없었다.

이곳, 산타 바바라에 와서 또 다른 전쟁을 선포해야만 했다. 바로 '변비와 배탈'.

이곳에서는 고기가 주식이고 야채를 많이 먹지 않

어느 호숫가에서.

는다. 노스캐롤라이나에서는 그래도 아주머니가 '야채 야채' 하면서 과일이나 삶은 야채라도 주었는데 이곳에 와서는 그런 것도 끝이 났다. 같이 사는 제이드가 야채를 아주 싫어하기 때문이다. 태어나서 처음으로 이런 일을 겪어봤다. 배는 아픈데 화장실에 오래 앉아 있어야만 하는. 음식 때문에 생긴 변비였다.

안 되겠다 싶어서 변비약을 먹었다. 비타민제와 함께 먹었다. 이때 감기 기운도 있어 감기약까지. 세 종류의 약을 먹었더니 내 몸이 이상한 쪽으로 가 버렸다. 배탈. 하나가 가니 다른 고통이 찾아왔다고나 할까. 나는 장이 안 좋은 편인데 아마도 이 부분을 건드린 듯하다. 배탈이 나를 괴롭히는 것은 크게 두 가지 이유 때문이다. 먼저 화장실에 자주 가야 하기 때문이다. 예전에는 혼자 화장실을 썼지만 지금은 누군가와 공동으로 써야 하니까 자주 오래 쓰는 것은 미안한 일이다. 두 번째 점점 몸무게가 줄어간다는 것이다. 기름진 음식의 나라 미국에서 살이 빠진다는 것은 적응에 문제가 있다는 말이라고 하는데 내가 그렇게 되다니 기가 막힌다. 더 큰 문제는 음식을 먹기 시작하면 배탈이 끝이 없다는 것이다. 아무래도 기름기 때문인 것 같다. 그래서 이 사이클은 돌고 돌아 그칠 줄을 모른다.

내가 아프면 주위에 있는 사람들이 더 괴롭다. 괜히 남한테 응석을 부리고 싶어진다. 이러면 안 되는데 싶으면서도 남들이 알아주기를 바라는 아기 같은 마음이다. 그래서인지 요즘 건강이 중요하다는 것을 굉장히 많이 느낀다. 병에 시달리면 몸도 괴롭지만 더 중

배짱도 실력이다

요한 것은 마음이 약해진다는 점이다. 처음에는 감기인데도 이것 때문에 죽으면 어쩌나 하는 괜한 생각까지 다 들었다.

이런 현상이 지속되면 결국 향수병이 온다. 한국에서의 좋았던 추억들이 눈 앞에 영상처럼 흘러가고 여기 왜 왔나 하는 후회까지 하게 된다. 이것은 정말 약도 없는 불치병이다. 정말 이상한 병이다. 이렇게 오랜 시간 사람을 괴롭히다가도 한국에 발을 딛는 순간 사라지다니.

비오는 날의 외로움

혼자 학교 가던 날

나는 원래 한 학기가 끝나기 전까지 제이드의 집에서 살기로 되어 있었다. 그런데 마지막 달에 두 개의 큰 사건이 벌어졌다.

첫 번째는 SAT 시험을 치러가던 날 생긴 일이었다. 나는 SAT 시험 등록을 한 달 반 전에 해놓고 아주머니께 시험장까지 데려다 줄 수 있는가를 물어보았다. 물어볼 때마다 아주머니는 항상 이렇게 말했다.

"그때 상황을 보고 같이 갈 수 있는지 결정을 내리지."

대학에 가야 하는 내 입장에서는 이 시험이 말로 다할 수 없이 중요했다. 시험 일주일 전에도 물었다. 그때도 아주머니는 이렇게 말했다. 자기가 오렌지 카운티에 볼 일이 있어 아직 잘 모르겠다고. 시험 3일 전에 다시 물었다. 자기가 그곳에 갈 필요가 없단다. 갑자기 아주머니 태도가 달라져 버린 것이다.

"To be honest with you, I would like to sleep on Saturday
(솔직히 말해서 난 토요일엔 잠을 좀 자고 싶거든)."

아주머니는 평일에 열심히 일을 해야 하기 때문에 주말은 자신이 휴식을 취할 수 있는 유일한 시간이란다. 그래서 토요일 교통편을 내가 알아서 구했으면 좋겠다고 하는 것이었다. 그래서 말했다. 아침에 차로 시험장까지 데려다주면 저녁에는 친구 집에 가서 하룻밤 보내고 집으로 돌아오겠다고 말이다. 우리는 그렇게 합의를 보았다.

시간이 흘러 드디어 시험 날이 되었다. 아침 일찍 일어나 모든 준비를 마치고 아주머니가 나오기를 기다렸다. 시간은 계속 흐르는데 아주머니는 일어날 기척도 하지 않았다. 시험에 늦으면 어떡하나. 방문을 두드렸다. 반응이 없었다. 다시 두드렸다. 그래도 반응이 없었다. 세 번째 방문을 두드렸다.

"Rose, could you give me a ride to get to the test center(로즈 아줌마, 시험장까지 저 태워다 주실 수 없어요)?"

"No! I told you yesterday(안 돼! 어제 말했잖아)."

잠을 자는 중이란다. 어제 안 된다고 말을 했다니 얼마나 황당한 일인가. 이 시험이 캘리포니아 대학(UC) 계열 대학에서 인정해주는 마지막 시험이므로 만약 이 시험을 못 친다면 나는 더 이상 기회를 가질 수 없다. 내 미래는 어떻게 되나 하는 불안감에 눈물이 난다. 나라가 떠올랐다. 나라에게 전화를 해서 나를 데리러 오라고 했다.

"What kind of host mother is that? She is so irresponsible(어

떻게 된 호스트야? 너무 무책임하군)."

나라의 가디언(현지 보호자)이 상황 설명을 들은 후 하신 말이다. 그렇게 나는 겨우 시험장에 도착할 수 있었다.

그 날 플로라의 집에서 하룻밤을 묵기로 했다. 아주머니께 내가 있는 곳을 알리기 위해서 전화를 했다. 그 집에 얹혀 사는 입장이었으므로 사과를 먼저 해야 할 것 같았다.

"I apologize for waking you up in the morning(아침에 깨워서 죄송해요)."

물론 내가 기대했던 말은 '괜찮아'라거나 '내가 아침에 태워주기로 했는데 안 그래서 미안해' 그런 식의 말이었다.

"Why did you do that? You ignored me. I told you not to wake me up(왜 그랬어? 그건 날 무시하는 거야. 내가 깨우지 말랬잖아)!"

나는 아침에는 태워주고 저녁에는 오지 않아도 된다는 걸로 알고 있다고 말을 했다. 그러니까 변명을 하지 말란다. 다시는 자신에게 차를 태워달라고 하지 말라고 덧붙이며.

이 사건 이후로 아주머니께 느끼는 감정은 극도로 나빠졌다. 같이 있기만 해도 불편해서 다른 곳으로 옮기려고 노력을 했다. 이틀 후였다. 아침에 아주머니가 이렇게 말하는 것이었다.

"Michaela, You should be really careful about what you said

to other people(미카엘라, 다른 사람에게 말 옮기는 거, 정말로 조심해야 해)."

아주머니는 내가 남들에게 아주머니가 절대로 차를 태워주지 않는다, 놀러가지 않는다, 음식을 많이 주지 않는다는 등 나쁜 말을 했다는 것이었다.

내가 남들에게 이 집에 대해 나쁜 말 한 것을 꼽으라고 한다면 단 두 가지뿐이다. 제이드가 듣는 음악이 너무 시끄러워 공부를 할 수 없다는 것과 이 집 사람들이 쇼핑을 너무 좋아해서 귀찮다는 것. 미국인들이 얼마나 남에 대해 루머 만드는 것을 좋아하는지 알고 있기 때문에 한국 아이 두 명에게만 이런 이야기를 했다. 나쁜 의도라기 보다는 내 자신이 처해 있는 상황에 대한 불평을 말한 것뿐이다. 그 날 하루종일 기분이 좋지 않았다. 선생님들께 친구 집에서 살 수 있도록 해달라는 부탁을 했다.

내가 교환 유학생이 된 것을 후회한 날들이 적지 않았는데 그때만큼 심한 적은 없었다. 카운슬러는 그 책임이 모두 나에게 있단다. 아무리 만 18세가 된 성인이라도 교환 학생인 나는 그들의 규칙에 따라야 한다나. 눈물까지 흘리면서 무슨 일이 생겼나를 설명했다. 부모님으로부터 팩스를 받아 내가 친구 집에 있어도 좋다는 내용까지 보여주었다. 이토록 힘든 과정을 거쳐 나는 플로라의 집으로 옮겨갔다.

집을 옮기자 이제는 학교까지의 통학 방법이 문제였다. 캐리가 근처에 있는 주유소로 와서 나를 데리고 가기로 했다. 약속 시간은 7시 10분이었는데 아무리 기다려도 오지를 않았다. 결국 7시 25분에 집으로 전화를 해서 플로라의 언니에게 부탁을 했더니 너무 졸려 운전을 할 자신이 없단다. 결국 내가 알아서 학교까지 가야 하는 상황이 발생했다.

산타 바바라는 원래 따뜻한 지역인데 그날따라 굉장히 추웠다. 하늘은 회색 구름으로 가득 차서 우중충했다. 이런 날씨가 나의 마음을 더 싸늘하게 만든다. 버스를 탔다. 혼자서 뭔가를 할 수 있다는 예전의 자신만만한 느낌은 간 데 없다. 버스는 이상한 사람들이 가득 차 있어 무섭기까지 했다. 내려서 학교까지 걷기 시작했다. 그러다가 길을 잃었다. 학교 방향과 반대 쪽으로 간 것이었다. 바보같이.

학교에 닿으니 비가 내리기 시작했다. 하늘이 내 기분을 알고 일부러 비를 뿌리는 것만 같았다. 한 편으로는 기쁘기도 하다. 하늘이 나의 편을 들어주는 것 같아서. 만약에 학교로 오는 길에 비가 왔다면 완전히 젖었을 것이 아닌가?

 배짱도 실력이다

어느 날 문득 삶이 힘겨울 때

"그래도 어린 나이에 혼자 미국에 가서 공부도 하고 열심히 잘 지냈네."

내가 아는 사람들 중 몇몇은 나에게 이렇게 말을 하곤 한다. 그러면 나는 피식 웃으면서 이렇게 말을 한다. 지금 나의 모습은 지난 학기의 내 모습이 아니라고 말이다. 산타 바바라에서 보낸 시간은 정말 힘들었다. 울기도 많이 울었고 한국 친구들에게 전화도 많이 하던 시절이었다.

사람들은 미국에서 공부한다고 하면 긍정적으로만 생각을 한다. 자유롭고 공부를 많이 하지 않아도 되고 성적 부담이 적다고 말이다. 물론 미국 아이들은 한국에서 공부하는 아이들에 비해 공부 부담이 적다. 그러나 유학생의 입장에서 보면 영어는 외국어이니까 번역을 하면서 공부를 하는 것이니 한국에서 공부를 하는 만큼 열심히 공부를 해야 한다. 특히 교환 학생이 되면 인간 관계가 한층 더 중요시 되다 보니 부담감은 가중된다.

산타 바바라에 있었을 때 나는 너무 불행해서 내가 뭘 하는지조차 판단할 수 없었다. 그래서 선생님들께 말대꾸와 반항을 많이 했는데 한 마디로 문제아로 찍혀 버렸다. 지금은 끊었지만 봄 방학 시기에 덴톤 지역에 놀러 갔을 때는 친한 친구와 담배를 시작해서 거의 중독될 뻔했다.

처음 산타 바바라에 왔을 때 한국 출신의 유학생 J를 만났다. J는 부모님의 직업 때문에 오랫동안 외국에 살았다. 걔는 필리핀 국제 학교에서 2년을 보내고 하와이에 있는 학교에서 3년을 보낸 후 산타 바바라에 있는 사립 중학교를 거쳐서 지금 고등학교까지 오게 된 경우였다. 그는 이 학교가 너무 싫어 괴롭다고 말했다. 정신적인 고통이 커 이 학교에 계시는 수녀님을 자주 찾아가서 이야기를 나눈단다. 수업 시간을 전부 비우면서까지 수녀님과 이야기를 한 적도 있다고 하기에 속으로 약간 놀랐다. 수녀님과 이야기를 나누면 마음이 편하다면서 나보고도 한번 가보란다.

내가 중학교에 다닐 때 어머니께서도 상담요원을 하신 일이 있었다. 상담이라고 하면 흔히 떠오르는 이미지는 '불쌍하거나 불량한 사람들

시스터 헬렌 수녀님과 함께.

배짱도 실력이다

이 다른 사람들에게 생활 태도 개선을 지도받는 것'이었다. 그래서 나는 평생동안 상담을 받을 일이 없을 것이라고, 따라서 수녀님도 개인적으로 만날 일이 없을 것이라는 확신을 했다.

남들은 언제나 씩씩하다고 하지만 실제로 나는 눈물이 많다. 눈물을 흘리면 괜히 약해 보이고 남들에게 구걸을 하는 것 같아 아무리 눈에서 눈물이 흘러 내린다 하더라도 입은 항상 웃고 있어 사람들에게 '우는지 웃는지 판단할 수 없는' 그런 느낌을 준다고 한다.

미국에 와서 나는 눈물이 더 많아졌다. 힘들고 어려운 상황이 많아 나도 모르게 눈물이 주룩주룩 흐르고 마는 것이다. 처음에 미국인들은 나를 도와주려고 애를 많이 썼다. 그러다보니 도움을 얻기 위해 눈물을 흘리는 경우도 많아졌다. 나중에 눈물이 별로 효과가 없다는 것을 알았지만.

나는 골상학 시간을 가장 좋아한다. 공부를 해야 하는 것이 많지 않고 선생님이 굉장히 착하시다. 새 학교에 와서 즐거운 마음으로 들어갈 수 있었던 얼마 안 되는 수업 중의 하나였다.

어느 날 선생님께서 2명이 짝이 되어 프로젝트를 하라고 하셨다. 그때 짝이 된 아이는 나와는 별로인 사이였다. 나는 JC와 짝이 되고 싶었다. JC와 나는 굉장히 친하게 지냈다. JC의 첫 이름은 Jairo이고 중간 이름은 Caid 인데 개는 첫머리를 따면 더 멋지다고 생각했는지 사람들에게 JC로 불러달라고 했다. 내 친구의 이름이 혜린이지만 '혜리니'라고 불리기를 원하는 것과 같은 원리라고 할까나.

새 학교라서 기분이 불편한데 알지도 못하는 아이와 프로젝트를 같이 하라고 하시니까 불안함을 숨길 수가 없었다. 그래서 나는 선생님께 JC와 팀을 짜 달라고 요청했다. 그랬더니 선생님은 내가 선생님을 조정해서 내가 원하는 일을 이루려고 한다면서 강경한 입장을 취하셨다. 이것이 나를 당황시켰다. 나도 모르게 눈에서 눈물이 나왔다. 그랬더니 이번에는 선생님께서 당황하셨다. 교사 생활에 이런 일은 처음이시란다. 몇 번 '캄 다운! 캄 다운' 그러시더니 결국 나보고 수녀님을 만나 보라고 하신다. 이때는 정신이 없었으니까 시키는 대로 했다.

예전에 J가 수녀님의 방으로 들어가는 것을 본 적이 있었기 때문에 그 위치는 이미 알고 있었다. 수녀님 방에 갔더니 누군가가 있었다. 나중에 알고 보니 이곳에 오기 전에 미리 수녀님께 상담을 받겠다는 말씀을 드려야 하는 것이었다. 수녀님은 내 상황이 더 심각하게 보였든지 걔는 몇 분 후에 방에서 나왔고 내가 대신 들어가게 되었다. 처음 30분 정도는 눈물만 흘렸는데 수녀님은 그냥 울라고만 하셨다. 말을 해도 울음 때문에 목소리가 끊기니까 말하는 나도 힘들고 그것을 알아듣는 수녀님도 힘들었던 것 같다. 내가 눈물을 그치려고 울음을 안으로 삼켰더니 차라리 밖으로 뱉으라고 하셨다.

누군가가 아무런 편견없이 이야기를 들어준다는 것은 내 입장에서는 굉장히 편안한 일이었다. 거기다가 수녀님께서는 남들에게 내가 한 이야기를 하지 않는 것이 원칙으로 되어 있으므로 속마음

 배짱도 실력이다

까지 털어놓을 수 있었다.

이 일을 시작으로 나는 수녀님 방에 자주 가게 되었다. 호스트 가족과 사이가 그리 좋지 않았기 때문에 마찰이 자주 있어 집에 있는 것이 불편하니까 산타 바바라 자체가 나에게는 지옥으로 느껴지는 그런 시기였다. 특히 2학기 때는 선생님이 나를 완전히 자신이 원하는 형태로 '개조' 하려고 했기 때문에 너무 괴로워 온갖 유혹에 빠질 수 있는 상황이었다. 그 때마다 수녀님을 찾아가면 위로가 되었기 때문에 다음에 또다시 스트레스를 받아도 폭발을 하지 않을 만큼 수위 조절이 가능하게 되었다.

나는 수녀님에게 많은 것을 털어놓았다. 공부를 열심히 해도 부진하기만 한 성적, 12학년이라고 하지만 실제로는 11학년의 수업을 듣고 있어 12학년 친구들을 잘 모르는 나의 현실, 미국인들과 깊은 대화가 불가능하다는 것 등을 말씀드렸다. 한 마디로 '나는 학교의 부적응아인가?' 하는 괴로운 심정을 말씀드린 것이다.

시간이 지나자 호스트 가족들과의 마찰, 유학 생활에서 오는 외로움, 주변에 있는 유혹들 그리고 내 자신과의 싸움으로 대화 주제가 바뀌어 갔다. 수녀님께서는 내가 하는 말씀을 묵묵히 듣고 그에 적절한 응답을 해 주셨다. 수녀님에게 상담하는 과정에서 내가 내 자신에 대한 스스로 평가를 한 것이 나중에 큰 도움이 되었다.

수녀님은 오래 전부터 알고 지내던 지인과 같은 느낌이 든다. 결국 나도 J처럼 중요하고도 중요한 '영어' 시간조차 빼먹고 수녀님과

이야기를 나누기도 했다. 상담 결과 역시 내가 직접 부딪혀야 한다
는 것이었다. 그 후 모든 것이 잘 해결이 되었다. 이제 힘든 일이 있
으면 이곳에 먼저 달려와야겠다. '불량아'의 신분이 아니라 '이야
기를 나누고 싶은 사람'의 신분으로.

우리들과 조금 다른 사람들

게이와 레즈비언

다른 나라에 가면 문화적 충격 없이는 그 문화 속에 편입될 수 없다는 것을 이제는 안다. 내가 이때까지 가지고 있던 가치관을 다 무너뜨려야 했던 것 중의 하나가 성 정체성이었다. 나는 어릴 때부터 이렇게 생각을 하고 살아왔다.

'나는 여자다. 남자들과 외모가 다르고 화장실도 다르니까 난 여자다. 그러니까 당연히 난 남자애를 좋아해야 한다.'

나는 세상에는 남성과 여성, 2가지 종류의 사람들만이 존재한다고 생각했었다. 게이나 레즈비언에 대해 한 번도 생각한 적이 없었다.

내가 살았던 미국 동부 시골은 다른 지역에 비해 굉장히 보수적인 편이란다. 그래서 그곳에서는 동성애자들을 볼 수가 없었다. 약간 큰 도시에 가서야 볼 수 있었는데 그들도 티를 내지 않았다. 그랬다가는 사람들이 그들에 대한 어떤 편견을 가졌을 수도 있으니까 말이다.

캘리포니아에 가까운 서부에 가니 게이와 레즈비언을 흔히 볼 수 있었다. 그곳에서는 게이든 레즈비언이든 자신들의 성 정체성에 대해 별로 신경을 쓰지 않는 듯 했다. 오히려 자신이 동성애자임을 알리기 위해 집 앞에 무지개 색 깃발을 내걸었다. 어떤 거리에 가니 그런 사람들이 집중적으로 모여 살아 거리가 온통 무지개 깃발로 장식되어 있었다.

처음에 나는 축제 기간이라 그런 줄 알았다. 나중에 한국에 오니까 어떤 사람이 말을 해줘서 알게 된 것이었다.

샌프란시스코는 게이 때문에 유명한 장소이므로 무지개 깃발이 거리에 휘날리는 경우가 많다고 한다. 재미있는 것은 아무 이유없이 그 깃발을 꽂아 두는 사람도 있다는 것이다. 자신이 게이가 아닌데도 말이다. 어떻게 보면 혐오할 수도 있었을 그런 그룹의 문화를 모방할 수 있다는 것이 나의 눈으로는 이해를 할 수가 없었다. 재미를 위해서라고 하지만 나는 아직도 신기하게만 느껴진다.

실제로 호스트 가정이 되고 싶다고 신청하는 이들 중에도 동성애자도 있다고 한다. 유럽은 동성애의 역사가 길어 그런 집에는 유럽 아이들이 대부분이라고 했다. 아시안들은 그런 말만 들어도 얼굴이 일그러지는 경우가 많기 때문에 문화적 충격을 고려한 유학 재단에서 그 집을 피해준다고.

내가 아주머니께 한국에는 게이나 레즈비언 같은 동성애자들이 없다고 했더니 그럴 수가 없다고 하셨다. 레즈비언의 경우는 잘 모르겠지만 남성의 경우 10%가 동성애자라는 것이다. 그 10%의 남성 중 절반은 남자의 역할을 맡고 나머지 절반이 여성의 역할을 맡으므로 우리가 그들을 알 수 있는 방법은 그 10% 중 절반인 5%의 여성 역할을 하는 사람들이란다.

한국으로 돌아온 후 어떤 책을 읽었는데 이런 내용이 있었다. 어느 정도 나이가 든 동성들은 손을 잡는 것을 포함한 신체적 접촉을 피한다고 말이다.

또 이런 글도 읽었다. 한국인 가족이 미국으로 이민을 가서 새 학교를 가게 되었다. 두 자매는 같은 학교를 가게 되었기 때문에 언제나 언니가 동생의 손을 잡고 다녔다. 학교에서 학생들을 비롯한 모든 사람들이 놀란 얼굴로 쳐다보았고 며칠 후 교장 선생님으로부터 한 통의 메일이 왔다.

'학교에서 두 소녀가 손을 잡고 다녀 레즈비언으로 오인될 우려가 있으니 그 일을 중지해 주십시오.'

한국에서는 아이들이 중학교에 들어가면서부터 대부분 각각 남학교 또는 여학교를 간다. 남녀 공학이 있기는 하지만 최근에 시작되었고 더군다나 그 수가 적다. 그때가 신체적으로나 정신적으로 본격적인 성장을 하기 시작하는 시기이므로 동성 친구들과 친하게 지내는 법을 몸으로 배우게 된다. 우리는 우정이라는 이름으로 손을 잡는 등 동성과의 스킨십을 자연스럽게 익힌다. 그러나 미국에서는 그런 경우가 거의 없었다. 처음에는 그 이유를 알 수 없었는데 나중에 친구가 말해줬다.

"내가 동성애자도 아닌데 왜 그래야 하니?"

영화 '내 남자 친구의 결혼식'에 이런 부분이 나온다. 줄스가 자기 회사의 편집국장 조지와 자기가 좋아하는 남자인 마이클과 같이 택시를 타게 된다. 마이클은 택시 안에서 조지가 게이 같다는 느낌을 받는다. 그러나 마이클은 끝내 조지가 '게이'라는 말을 하지 못한다. 이 정도로 남에게 동성애자인지 물어보는 것이 굉장히 무례한 일이다.

미술 시간이었다. 우리는 보고서를 써야 했기 때문에 도서관으로 갔는데 그 곳에는 다른 교실에서 온 아이가 있었다. 그 애는 나와 내 친구들과 유난히 가까운 자리에 앉아 있었다. 내 친구들은 내가 아직 모르는 것이 많다는 것을 알고 있었으니까 장난기가 발동했고 나에게 이렇게 말했다.

"하이린, 저기 앉은 사람이 사실은 게이야. 너 몰랐었지?"

나는 너무 놀라 할 말을 잃었다. 어떻게 동성애자가 학교에, 우리와 함께 있을 수 있을까. 나는 사실을 확인해 보고 싶은 욕심에 그 아이에게로 다가가서 물어봤다.

"저기요, 죄송한데 혹시 게이세요?"

그 순간 그 아이를 비롯해서 내 친구들이 모두 놀라 나를 쳐다보는 것이다. 그때는 몰랐지만 그것은 너무 비열하고 무례한 질문이었다. 나는 그 아이에게 계속 사과를 해야 했다. 한국에서야 농담으로 넘기는 경우가 많은데 이쪽에서 이토록 사람을 기분 나쁘게 할 것이라고는 생각을 못했다.

또 다른 경우는 문화가 달라 벌어진 사건이었다. 세계사 시간에 나탈리라는 친구가 웃으면서 코파에게 한 가지 질문을 해 보라고 해서 그렇게 했다.

"너 남자 친구가 몇 명이나 있는데?"

나는 정말 아무런 악의 없이 한 것이었다. 왜냐하면 나는 그 남자 친구란 것을 남성과 여성을 나누는 '성의 분류' 로 생각했지 그것이 동성애자, 즉 게이가 같이 잠을 자는 연인 관계의 남자로 생각하지 않았기 때문이다. 내가 한국에 있는 여자 친구에게 여자 친구가 몇 명이냐고 묻는다면 단짝 친구를 묻는구나 하는 식으로 생각할 것이 아닌가.

그러나 내가 그 질문을 한 순간 반의 모든 아이들이 웃었고 칠판에 뭔가를 적고 있던 선생님조차도 너무 놀라셔서 뒤를 돌아보셨다. 코파는 너무 화가 난 나머지 자기 노트를 찢어 쓰레기통에 버렸다. 이 정도로 난폭하고 무례한 행동을 교실에서 하면 보통 선생님께 경고를 받고 정중하게 사과를 해야 하는 것이 보통인데 선생님께서는 아무런 제재를 가하지 않으셨다.

다음 날에는 더 심각한 일이 일어나 버렸다. 어제 일에 재미를 느낀 아이들이 내가 한번 더 코파에게 그것을 물어보라고 했고 나는 'Don't make her angry anymore' 이라고 했다. 한국어에서는 남성과 여성을 나누지 않아서 him과 her의 구분이 없기 때문에 많이 헷갈린다. 그 사실을 알 리가 없었던 아이들은 내가 한 번 더 웃겨주는 것이라고 생각을 했고 교실은 한바탕 폭소바다가 되었다. 코파는 내가 자기를 여자의 역할을 하는 게이로 생각한다고 느낀 듯 어제보다 더 화가 나서 쥐고 있던 연필을 부러뜨려 버렸다. 미안해서 몇 번이나 사과의 말을 했다.

"너는 어제도 나한테 그랬으면서 오늘 또 그러냐."

내가 이런 식으로 말하니까 미국인들이 동성애자들을 굉장히 박해하고 차별을 가한다고 생각할 수도 있다. 그렇지만 그렇지 않다. 그것은 차별성을 인정할 수 있는 태도, 다른 이들을 포용할 수 있는 성숙도가 우리보다 높기 때문이라고 생각한다.

배짱도 실력이다

이국적인 축제를 즐기며

예전에 한국에 있는 우리 학교에서 축제를 할 때 영어 서클 중의 하나가 자신들의 주제를 '할로윈' 으로 정하고 그에 대해서 이야기를 해준 적이 있었다. 아주 멋있었지만 아쉬운 점이 있었다. 우리는 그런 문화가 없으니까 직접 그것이 어떤 느낌일 것인지를 알 수는 없었던 것이다. 이때가 가까워지면 우리나라 상점들도 호박 인형이나 사탕 같은 것을 가져다 놓는 것을 보았다. 서서히 이 날을 받아들이기 시작했다는 증거인 것 같지만 미국 문화 모방을 좋아하는 우리의 성격을 아는 상업적인 의도가 드러난 것 같아 기분이 언짢기도 했다.

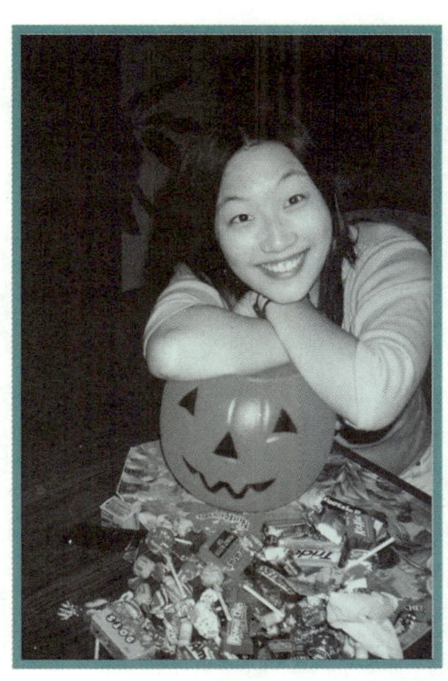

할로윈 데이 때 사탕을 받고 좋아하는 모습.

미국인, 미국 문화

113

정말 할로윈 데이란 어떤 것일까.

할로윈 데이는 10월의 마지막 날이다. 기독교가 전래되기 전 1세기 중반, 켈트족들은 사후의 인간 영혼은 죽음의 신 삼하인(Samhain)에 의해 구원받을 수 있다고 믿었단다. 그래서 그들은 자신의 가족이나 친구 혹은 사랑하는 사람의 영혼이 구원을 받도록 하기 위해 동물을 때로는 사람까지 희생 제물로 바치는 의식을 베풀었는데 이 날이 바로 '할로윈 데이'의 기원이라고 한다.

할로윈 데이에는 죽은 자들의 영혼, 유령, 마녀, 도깨비 등이 정처 없이 배회할 것으로 여겨 결혼, 행운, 건강, 죽음 등에 대해 점치기에 가장 좋은 시기로 생각했다고. 켈트족을 포함한 유럽인들은 11월1일을 '모든 성인(聖人)들의 날(All Hallow Day)'로 지켜왔기 때문에 언젠가부터 그 전날의 삼하인 축제를 '모든 성인들의 날 이브(All Hallows, Eve)'라는 명칭으로 바꾸어 부르기 시작했다. 그리고 이 말이 훗날 '할로윈(Halloween)'으로 바뀌어 오늘날에 이르게 된 것이란다.

처음 할로윈 데이를 맞이한 곳은 덴톤이었다. 그날 사실 특별한 계획이 있었던 것은 아니었다. 집에서 영화나 보다가 잠이나 자야지 하고 있었는데 수업 시간에 블레어가 나를 불렀다.

"오늘 내가 존, 제니와 함께 '트릭 올 트릭'에 나갈 건데 같이 갈래?"

'트릭 올 트릭'은 원래 우리보다 10살이나 어린 아이들을 위한 축제지만 무슨 상관이랴. 재미만 있으면 되지. 드디어 영화에서나 보던 것을 실제로 해 보게 되는구나.

아주머니께 말씀을 드렸더니 복장을 무려 3개나 꺼내 주신다. 오스트리아 전통 여성 의상, M&M 의상 그리고 천사 의상. 하나하나 다 입어보았다. 오스트리아 전통 여성 의상을 입으니 마치 중세의 농노와 같은 느낌이 난다. 게다가 옷에 단추가 너무 많아 입는 것 자체가 힘들었다. M&M은 마치 롯데월드 행사장 같은 곳에서 일하는 사람을 연상시켜 천사 의상을 선택했다. 원래는 날개와 머리 위에 동그란 철사까지 달려 있었는데 다 부러져 '날개 잃은 천사'가 되어 버렸다.

M&M 의상을 입은 블레어와 악마 의상을 한 제니 그리고 도깨비 가면을 쓴 존, 우리의 준비는 끝났다. 손에는 호박 바스켓을 하나씩 쥔 채 덴튼의 시가지로 나갔다. 어떻게 이럴 수가. 차량의 진입은 금지되어 있었고 도로 곳곳이 막혀 있었다. 마치 이 단 하룻밤의 행사가 마을 축제가 되는 것 같기도 했다.

도로 위에 사람들이 가득 차 있었다. 마귀, 천사, 유령, 스크림에 나오는 살인자, 해적, 요정… 여러 가지 옷을 입은 아이들. 그 중에서 눈에

할로윈 데이 때 제니, 존과 함께.

띄는 것은 해리 포터가 다니는 학교의 망토 의상이다. K마트에 갔을 때 할로윈 옷을 파는 곳에서 해리 포터의 옷과 빗자루, 영화에 나오는 카드, 장난감 등 온갖 것들이 다 있었다. 가게마다 불을 밝히고 아이들에게 사탕을 나누어준다. 가게 앞에 줄을 서서 사탕을 받는다. 세상에나. 그 대열 중에는 우리보다 더 나이가 많은 어른들도 아주 흔하게 볼 수 있었다. 어린 아이들이 혼자 밖에 나가면 위험하니까 부모님들이 동행한 것이란다. 가게에는 오는 사람들이 많으니까 사탕을 많이 주지는 않는다.

"사탕 사냥하러 가정집으로 가자!"

어찌 동네 곳곳을 돌아다니면서 남의 집을 방문하는 재미를 빼놓을 수가 있겠는가. 블레어가 문 앞에 등을 켜 놓은 곳만 골라 가란다. 그 등불은 집에 사탕이 있으니 와도 좋다는 뜻이라고 했다. 가정집에는 한 줌씩 듬뿍듬뿍 나누어준다. 집집마다 오는 사람들에게 나누어 주려고 산 사탕들이 항아리 가득 들어있는 것도 다 보였다. 그들은 사탕을 주는 기쁨과 함께 새로운 얼굴들을 보는 기쁨도 느끼는 것 같았다. 매일 똑같은 의상만 보다가 한 번쯤 이런 새로운 의상을 보는 것도 즐겁지 않았을까? 사람들은 블레어가 입은 옷에 놀랐다.

"너는 천사일 것이고, 아니 너는 도대체 뭐냐?"

"큰 M&M이오."

내가 차라리 M&M 옷을 입을 걸. 저렇게 시선 집중을 받을 수 있다면 말이다. 사람들의 이미지에 오래 남는 것도 좋지 않은가. 하긴 백

 배짱도 실력이다

인 동네에서는 한국인을 보는 자체로 신기해 하면서 어디서 왔느냐고 묻기는 했지만. 나를 알릴 수 있는 좋은 기회였다.

두 번째 할로윈은 산타 바바라에서 맞았다. LA 근처에 매직 마운 튼이라는 놀이 동산이 있다. 청룡열차 같이 무서운 놀이 기구들만 가득 차 있는 곳인데 매년 할로윈 데이에는 놀이 동산 자체를 무섭 게 꾸미고 손님들을 놀라게 한다.

나의 호스트 동생인 제이드가 어머니께 부탁을 해서 제이드의 친 구를 한 명 데리고 우리는 그 곳에 갔다. 이곳은 원래 사람들이 너 무 많이 와서 기구 하나를 타는데도 몇 시간을 기다려야 한다는데 우리는 평일에 학교를 빼 먹고 와서 타고 싶은 기구를 마음껏 탔다. 어두워지기 시작하면서 사람들이 점점 더 몰려든다. 일부러 귀신 복장을 하고 이곳에 와서 노는 사람들도 많았다. 이곳 유령의 집은 4개 정도 설치 되었다고 하는데 곳곳마다 줄이 너무 길어 아쉽게도 들어가 볼 수는 없었다.

놀이 공원은 한국에서도 갈 수 있지만 덴톤의 '트릭 올 트릿'은 미국에서가 아니면 할 수 없는 일이라 내 기억 속에 더 인상적으로 남는다.

미국에서 본 할로윈은 우리처럼 겉으로 따라하는 것보다 사람들 이 한 마음으로 즐긴다는 의미에서 더 풍성한 것 같다. 호박 인형을 보는 것보다는 사람들의 입에 걸려 있었던 미소를 보는 것이 더 즐

거웠다. 사람들이 이런 기회를 통해서 이웃들끼리 정을 나누고 친
목을 다지는 것 같기도 하다. 사탕이 가득 담긴 호박 바구니를 들고
집으로 돌아가는 기분은 날아갈 것만 같았다.

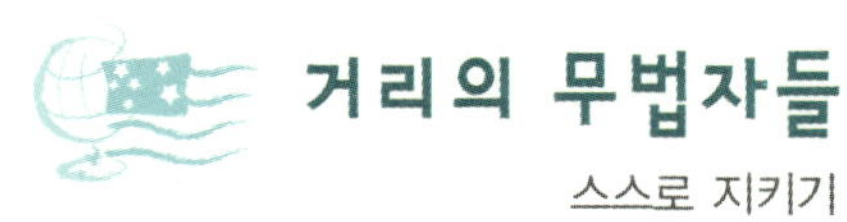

거리의 무법자들

스스로 지키기

"너는 임마, 왜 안전한 한국을 놔두고 굳이 미국으로 가서 목숨의 위협을 받겠다는 거니."

아버지 말씀이었다. 미국에 오기 얼마 전에 특집 방송 같은 것을 보았다. 캐나다의 밴쿠버에서 한국인 여학생들이 계속 성폭행을 당하고 살해를 당했다는 내용이었다. 캐나다는 무기 소지가 허용되지 않는 곳인데도 그런 일이 일어나니까 아버지께서는 당연히 걱정이 되셨을만도 하다.

가끔 창턱에 팔을 기대고 그리운 것들을 회상하곤 했다. 한국에서 가장 좋아했던 것 그러나 지금은 할 수 없는 것을 꼽으라고 한다면 늦은 밤에 시내에 나가 친구들과 함께 심야 영화를 보는 것이다. 한국에서는 마음놓고 밤에 거리를 다닐 수 있어 너무 좋다. 밤 늦게 시내를 걸어다닌다고 생명의 위험을 받는 것은 아니니까 말이다.
아주머니께 할리우드 같은 곳이라면 밤에 사람들이 굉장히 많을 텐
데 왜 위험하냐고 물어보았다. 할리우드 거리를 밤에 다닌다는 것
은 절벽 위를 걷는 것과 같은 것이란다. 그곳이 미국에서 범죄율이
가장 높은 곳의 하나이며 경찰들이 너무 위험해서 일을 하고 싶어
하지 않는 곳의 하나라는 말을 덧붙이시면서. 의아하다. 그곳에는
관광객을 포함한 유동인구가 굉장히 많은데 왜 그렇게 위험하다고
하는 것일까. 아주머니의 말씀에 의하면 그 곳 사람들은 다른 사람
들에게 신경을 쓰지 않는단다. 특히 태평양과 맞닿은 주들은 다른
곳에 비해 그런 성향이 훨씬 강하다고 하셨다.

우리 아주머니의 조카는 20년 전에 살해되었지만 아직까지 범인
이 밝혀지지 않고 있다. 그 장소가 할리우드의 유명한 중국 극장이
있는 바로 맞은 편 주차장이었던 것이다. 목격자는 많았다고 하셨
다. 조카가 살인자와 싸우고 있는 모습을 본 사람들도 많았지만 아
무도 그녀를 도우려 하지는 않았다고 한다.

"That's not my business."

아주머니는 그렇게 말씀하시며 그녀가 살해된 원인은 그녀의 나
쁜 버릇 때문이라고 하셨다. 비싼 액세서리로 치장하고 거리를 걷
는다거나 은행에서 돈을 찾아 거리에서 그 금액이 맞는지 확인을
했다고 한다. 은행 주변을 어슬렁거리면서 돈을 빼앗는 강도가 많
다는 말과 함께.

LA에서 한인 타운을 걸어본 사람들은 모두 멕시칸이나 흑인들에

배짱도 실력이다

게 한 번씩은 돈을 털리게 된단다. 그런데 한국인이면 더 위험하다는 것이다. 그 사람들이 한국인들은 많은 현금을 소지하는 것을 알고 있기 때문이란다. 우리나라에서 간혹 신문을 보면 이제는 초등학생들까지도 외제 명품을 사려고 계를 조직한다고 하는데 여기서 그런 비싼 것을 지닌 사람들을 거의 못 봤다. 딱 한 명 보았다. 일본에서 온 교환 학생.

미국 대도시 범인들은 총이나 칼을 가지고 있는 경우가 많다고 한다. 그래서 시골 사람들도 집집마다 총을 몇 개씩 가지고 있다. 범인들처럼 그것을 가지고 다니지 않았을 뿐. 태어나서 처음으로 진짜 총을 미국에서 보았다.

미국인들이 무기들을 얼마나 두렵게 여기고 조심하는지는 어떤 가게에 들어선 순간 알 수가 있었다. 그 가게가 위험한 동네에 있었기 때문에 주인은 계산대에 철창을 설치한 것이다.

예전에 한국인 아저씨 가게에 강도가 들어와서 총으로 아저씨를 위협하고 현금을 강탈하는 사건을 텔레비전에서 본 적이 있었다. 그 아저씨는 발 밑에 있던 야구 방망이로 대항했지만 결국 총에 맞아 죽었다. 친구들은 강도가 손 들라고 하면 손 들고, 돈을 달라면 있는 대로 주고 도망치라고 했다. 목숨보다 중요한 게 어디 있단 말인가.

우리나라 사람들은 남자들은 전부 늑대라고 하는데 미국 친구들도 남자들은 모두 엉큼하다고 한다. 하루는 친구와 쇼핑몰에 갔는데 아주머니께서 화가 나서 얼굴이 붉게 변하셨다. 내 친구가 어떤 남자에게 미소를 지으며 손을 흔들었기 때문이다. 그게 뭐가 잘못이라고. 처음에 아주머니께서 고리타분하셔서 그러시는 줄 알았다. 미국에서는 그럴 경우 섹스를 원하는 표시라는 것을 나중에 알았다.

어느 날, 샌디에이고에 있는 씨월드라는 곳에 갔을 때 실수로 앞에 서 있던 어떤 할아버지의 등을 쳤다. 그런데 할아버지가 농담으로 이렇게 말씀하시는 것이었다.

"허허, 아가씨 나는 너무 늙었고 벌써 아내도 있는데."

"예?"

아주머니는 웃으셨지만 나는 그 말을 처음에는 이해를 못했다가 나중에 알고 황당해서 머리를 긁었다. 세상에. 내가 그렇게 늙은 남자와 자고 싶을 리가 없지 않은가.

"Would you like to drink a cup of coffee at my house?"

이 말을 어떤 남자에게서 듣는 순간 나와 내 미국 친구가 느끼는 것은 다르다. 나는 문장 그대로 '커피를 마시고 싶어하는구나' 하는 생각이 들지만 내 친구들은 '아니 이 남자가 무슨 꿍꿍이지' 하고 생각한다.

한 번은 식당에서 만난 인디언 남자가 나에게 인사를 하고 자신의 자리로 초대를 했다. 나는 일행이 있으니 차라리 우리 쪽 자리로 오라고 했다. 그런데 놀랍게도 그는 사는 모습을 보여 주겠다며 우리들을 자기의 집으로 초대했다. 솔직히 나는 그 집이 보고 싶었는데 우리 호스트 아주머니는 놀란 표정으로 안 된다는 것이었다. 나중에 알았지만 아주머니와 친구 헤더는 내가 그 남자와 자줄 것이라고 생각을 했다.

　미국 영화들, 특히 액션 영화를 보면 때리고, 총 쏘고, 폭발하고, 죽이고 죽는 장면들이 나오는데 미국은 실제로 그 만큼 위험하지는 않은 것 같다. 고등학교 총기 사건, 연쇄 살인 같은 것이 실제로 일어나고 있다고 하지만 인구가 많으니까 범죄가 우리보다 더 많은 것은 당연하다고 생각한다. 어디를 가든 그 쪽의 행동 규칙을 알고 따르면 범죄도 예방할 수 있고 생활도 즐길 수 있지 않을까?

유혹에의 초대

마약

한국 고등학교 선생님들은 쉬는 시간이나 점심 시간이면 화장실이나 구석진 곳들을 순찰하시곤 했다. 아이들이 담배를 피울까봐 걱정이 됐기 때문에. 미국에서는 선생님들이 마리화나 때문에 속을 썩이는 경우가 많다. 내가 살던 노스 캐롤라이나는 담배를 많이 재배하는 주의 하나이자 마리화나 생산도 많아 선생님들이 훨씬 더 신경 쓰는 것 같다.

2학기에 들어와서 10학년들과 생물 공부를 같이 했는데 그 반에 있는 남자 아이들은 거의 다 마리화나를 피웠다. 1학기 때의 친구인 에밀리도 마리화나를 하기는 했지만 그때는 그런 일에 대해 생각할 여유가 없었다. 그런 사정을 에밀리도 알았기 때문에 마약에 대해 자세하게 말해주지 않았다.

배짱도 실력이다

어느 날 에밀리는 친구들과 모여 마리화나 피우는 팟 파티에 나를 초대했다. 그냥 구경만 하라고 했지만 분위기라는 것이 있을 것 아닌가. 나도 그런 분위기에 휩쓸려 혹시 마약을 시작하게 될지 몰라 그 초대를 거절했다.

에밀리는 친구들과 함께 일정한 장소에 모여서 마리화나를 같이 피우는데 그것을 팟 파티(pot party)라고 한단다. 2학기에 만난 10학년들은 중독 정도가 심각했다. 일주일에 3번 이상은 꼭 마리화나를 하니까 말이다. 그 애들도 나를 팟 파티에 초대했지만 거절했다.

"Do you wanna go to the pot party with us(우리랑 팟 파티 가고 싶지 않니)?"

"No."

상황 종료. 우리나라는 집단을 중시하는 경향이 강하다. 자신이 어떤 그룹에 들어 있으면 아이들이 원하는 것은 같이 해야 한다. 그러지 않으면 그 아이만 소외되는 수가 많았다. 소위 말하는 왕따 문제라고 해야 하나. 그러나 미국 아이들은 개인의 선택을 존중해 준다. 친구들이 같이 어떤 일을 한다고 해도 자기 하기 싫으면 빠져도 아무 문제가 되지 않는다는 것이 너무 좋았다.

친구들이 여는 팟 파티가 나쁜 가장 큰 이유는, 아직 철이 없는 10대들이 하는 일이니까 자신을 통제하기가 힘들다는

다른 교환 학생들과 함께 먼틀 비치에서.

점 때문이다.

마리화나를 많이 피다 보면 당연히 효력이 떨어지고 양이 늘기 시작한다. 그래서 더 강한 마약으로 옮겨가는 아이들도 있다. 크랙(crack· 값이 싼 코카인의 일종), 코카인 그리고 요즘에는 엑스터시를 하는 아이들도 많이 보았다. 이런 것들은 중독성이 강해서 끊기가 굉장히 힘들다고 한다.

어느 날 호스트 가족들과 영화 '트래픽(The Traffic)'을 보았다. 교통사고 이야기인 줄 알고 빌렸는데 마약 문제를 다룬 것이었다. 영화 중에 고등학생들이 코카인을 하는 내용이 나왔는데 아주머니는 그 상황을 하나하나 설명해 주었다.

불 위에 은박지를 올려놓고 코카인 녹이는 것을 프리 베이싱(free-basing)이라 하고, 마약을 너무 많이 해서 쓰러지는 것을 OD(overdose)라고 한다. OD가 일어날 경우 병원 앞에 친구를 그냥 던져두고 가버린다는 것이다.

우리나라에는 주색을 즐긴다는 말이 있었는데 여기서는 마약과 섹스를 즐기는 것 같다. 친구들은 이런 상황에서 섹스를 하면 절정 상태에까지 갈 수 있다고 하지만 그 상황에서 그런 것을 정상적으로 느낄 수 있을지도 의문이다.

어떤 때는 누구와 잤는지도 모른다며 아무런 도덕적 반성을 하지 않는 아이들을 보면 이건 아닌데 하는 생각이 들고, 생각이 더 발전해서 나는 저렇게 되어서는 절대로 안 된다고 다시 한번 다짐을 하기도 한다.

사람들은 사립학교 아이들은 마약에 손을 대지 않을 것이라고 생각하는데 오히려 더 한단다. 돈 있으니까 마약을 사기가 더 쉽기 때문이라나.

사립학교로 교환 유학을 온 후였다. 그때 학교를 막 옮겨온 아이를 하나 만났다. 이 학교로 전학온 이유를 몰랐는데 그 애가 말해줬다. 자기는 '마약 딜러'였다고. 그 친구는 마리화나를 '국민 마약'이라고 부르며 미국인들이 거의 모두 한다고 나에게 말하곤 했지만 나는 이런 아이들이 대다수는 아닐 것이라고 믿고 싶다.

"마약을 어떻게 시작하게 되었니?"

"우리 형이 권해서. 한 번 하니까 도저히 못 끊겠더라."

내가 정말로 놀랐던 부분은 미국 아이들 중 가족이 권해 마약을 시작한 경우가 굉장히 많다는 것이다. 쿠퍼는 7학년 때부터 마리화나를 시작했다. 그것도 둘째 형의 권유로. 둘째 형은 첫째 형의 권유로 시작하게 되었단다.

우리나라 가정에서 담배를 피우는 사람이 있으면 냄새나는 것이 싫어 밖으로 나가서 피우게 한다. 그렇지만 가족이 다 담배를 피운다면 굳이 그렇게 할 필요가 없지 않은가. 그것처럼 가족 중 한 사람이 마리화나를 하면 동지감도 생기고 숨어서 마약을 할 필요가 없으니까 같이 하는 것 같다.

가족은 서로의 단점을 고쳐줄 수 있는 가장 가까운 사람이어야 하는 것 아닌가. 나는 개인적으로 친구가 권해서 시작한 경우보다도 가족이 권한 경우를 볼 때 더 가슴이 아프다.

"차라리 담배를 피우지 왜 마리화나를 하니?"
"마리화나를 하면 행복해질 수 있기 때문이지."
　나보다 나이도 어린 게 무슨 괴로운 일이 있을까 하는 생각과 함께 벌써부터 현실도피적인 자세를 보이는 모습이 안타까웠다. 우리 아주머니는 그런 친구들에 대해 이렇게 말하셨다. 순간의 행복이 나중에는 지옥으로 바뀔 것이라고.

　미국에서 마리화나는 굉장히 보편화되어 있기 때문에 사는 것이 쉽다. 고등학교 안에도 마약 딜러들이 있다. 마음만 먹으면 교정에서도 살 수 있었을 것이다. 예전에 생물 시간에 쿠퍼와 빌리란 애가 지금 차에 마리화나가 있다며 수업 끝나면 보여줄 수 있다고 말을 했다.
　유럽에는 마리화나 정도는 합법적으로 소지할 수 있는 나라들이 많다. 그래서 유럽에서 마리화나를 했던 아이들은 미국에서는 불법이라는 사실에 놀라고 괴로워한다고 들었다. 미국의 일부 주와 캐나다에서는 마약 재배와 판매만 불법이고 소비자에 대해서는 아무런 법적인 제재를 하지 않는다고 들었지만 우리 주의 경우에는 소비자까지도 처벌 대상이 된다.
　뉴스에서 마리화나를 숨겨놓고 팔다가 적발된 것을 본 적이 있다. 밖에서 볼 때에는 헬스룸 같이 꾸며 놓았는데 벽의 한 쪽을 뜯

배짱도 실력이다

어보니 넓은 마리화나 재배 밭이 있었다. 우리 집에서 좀 떨어져 있
는 트레일러 동네에서는 마리화나 재배를 당연하게 생각하기 때문
에 경찰차의 순찰이 끊이지 않는다.

우리 동네의 경우 마리화나는 우리나라의 5백 원 짜리 동전 크기
의 봉지가 3달러 정도이다. 코카인은 20~30달러 정도로 너무 비
싸 돈이 없는 학생들은 마리화나를 주로 한다. 이 가격은 노스 캐롤
라이나와 같은 시골의 경우이다. LA에서는 마리화나가 20~30달
러 정도 하고 코카인은 좀 괜찮은 것은 80~100달러까지도 간다고
한다.

산타 바바라에서 사귄 로렌이 나보고 혹시 노스 캐롤라이나에 가
면 마약 좀 사줄 수 있냐고 물었다. 아! 나더러 이제 마약 딜러가 되
라는 건가? 나는 차라리 그 돈으로 좋은 옷이나 한 벌 사 입는 것이
낫겠다고 생각했다.

내가 LA에서 머물고 있었을 때 들었던 말이, 한국에서 온 유학생
들이 미국의 한인 사회 분위기를 많이 망쳐 놓았다는 것이다. 유학
생들 중에 마약을 하는 아이들이 많다는 이야기를 들었다. 사실 미
국인들 중에서는 일부러 마리화나를 하는 사람도 있다고 한다. 자
신을 얼마나 통제할 수 있는가 시험하기 위해서 일정한 주기와 양
을 정해놓고 그것을 철저하게 지켜가면서 피운다는 것이다. 또 파
티 때 흥을 돋우기 위해 아주 적은 양의 마리화나를 쓰는 경우도 있

다고 한다.

사람은 누구나 유혹에 현명하게 대처할 수 있다고 본다. 그래서 마약이 위험한 것이 아니라 준비가 안 된 상태로 남들을 모방하고 받아들이는 사람들이 더 문제라고 본다. 결국 모든 것은 우리 자신의 선택에 달려 있는 것이니 마약 그 자체를 너무 걱정할 필요는 없는 듯하다.

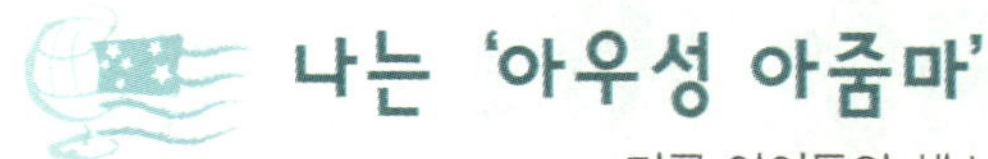

나는 '아우성 아줌마'

미국 아이들의 섹스

"너 콘돔 본 적 있니?"

"아니, 왜?"

"좋아, 내가 보여주지. 지금 사러 가자."

신디에게 콘돔을 본 적이 없다고 하니까 웃으면서 나를 끌고 간다. 미국은 섹스 라이프가 보편화되어 있기 때문에 월마트나 K마트 같은 생활용품 판매점에서 콘돔을 쉽게 살 수 있다고 했다. 우리 둘은 월마트에 갔다. 약국에 콘돔이 있었는데 우리 둘 다 용기가 없어 도저히 집을 수 없었다.

"너 정말 겁쟁이로구나."

신디가 결국 집어 나한테 넘겨주었는데 카운터에서 계산할 용기가 나지 않았다. 우리는 실랑이를 벌이다가 결국 그걸 제자리에 갖다두고 셀프 카운터가 있는 K마트로 갔다. 이 정성으로 공부를 했

옛 옷을 입고 신디와 장난치며.

다면. 거기서도 처음에는 콘돔을 바라보기만 했다. 신디가 또다시 그것을 집어서 나에게 주었고 나는 셀프 카운터에서 계산을 마쳤다. 거기서 일하던 신디 친구가 하나 있었다. 신디는 콘돔을 꺼내더니 친구에게 뭐 샀는지 보라면서 엉큼한 표정으로 웃었다. 사람들이 쳐다보니까 너무 창피했다. 가장 작은 박스를 샀는데 딱 3개가 들어 있었다. 차안에서 하나 뜯어보니 말아져 있는 콘돔이 나왔는데 나는 어떻게 펴는 지조차 몰랐다. 신디에게 넘겨줬더니 운전을 하며 그것으로 풍선을 불었다. 그 애가 하는 말이 초등학교 4학년 때 선생님이 아이들에게 콘돔과 바나나를 하나씩 주고 콘돔 끼우는 방법을 가르쳤다고 한다. 초등학교 5학년과 6학년 때는 남녀가 직접 성교하는 것을 비디오로 보았다고 한다. 우리나라에서 자위라는 말을 들으면 더럽다는 생각이 든다. 그래서 이런 말을 하는 것조차 무척 꺼리고 자위하는 것이 부끄러워서 숨기는 사람이 많다. 그러나 여기서는 남자아이들에게 자위가 왜 필요한지도 가르친단다.

성교육이라고 하면 떠오르는 것이 비디오이다. 한국 학교에 있을 때 성교육 시간이 1년에 한두 번 있었는데 비디오를 틀어주는 것이 전부였다. 내용은 난자와 정자의 생김새, 정자가 난자를 뚫고 들어가는 과정, 뱃속에서 아이가 커 가는 과정, 밖으로 나오는 과정, 낙태란 무엇인가를 보여주고 얼마나 잔인한가에 대한 이야기, 어린 나이에 성관계를 갖는 것이 얼마나 나쁜 것인가를 강조하면서 내용을 마무리한다.

이에 비하면 미국의 성교육은 아주 '현실적' 이라는 말로 표현하는 것이 알맞은 것 같다. 미국인 친구 하나는 강간이 얼마나 나쁜 일인가를 학교에서 배웠다고 했다. 남의 의지와 상관없이 일을 저지르는 것이기 때문이다.

효과적인 교육을 위해서 강간을 한 적이 있는 남자를 교도소에서 초대해 강간할 때의 상황이나 기분, 강간 당한 여자의 행동 등을 듣고 학생들은 궁금한 것을 질문했다고 한다. 또, 반대로 강간을 당한 여자를 초대해서 당할 때의 기분이나 그 당시의 상황, 남자의 상태 등을 물어 자신이 위험에 처해 있는 경우에 어떻게 대처를 해야 할지 배웠다고 한다.

미국에서는 성관계를 갖고 싶을 때 일단 상대에게 먼저 물어본다. 상대방이 '노(no)' 라고 하면 손끝 하나 건드리지 않는단다. 강간을 몇 번씩이나 하면 정부에서 강간범들의 남성을 제거해 버린다나. 그 정도면 나도 겁이 난다. 그 학교에서는 전문가를 항상 초대했기 때문에 성관계의 중요성을 비롯해서 성관계의 종류와 하는 방법까지 배웠다고 한다.

LA에 갔을 때, 우리 어머니 친구의 딸은 중학교에 다니고 있었는데 그 학교에서는 매주 아이들을 뽑아 컴퓨터 칩이 내장된 아기 인형을 준다고 한다. 다 큰 아이에게 소꿉장난하라고 준 것은 아닐 것이다. 왜 그랬을까. 일주일 동안 그들은 아기 인형을 늘 갖고 다녀야 한단다. 일주일 후 선생님이 아기 인형의 상태를 검사하는데 몇 번이나 울렸는가 화나게 했는가가 칩에 입력되어 있단다. 이 프로그램은 학생 신분으로 아이 기르는 것이 얼마나 힘든지 직접 몸으로 체험하게 한다는데 목적이 있다.

내가 콘돔을 샀던 이유 중의 하나는 한국에 있는 내 동생에게 보여주고 싶어서였다. 나도 그때까지 본 적이 없었는데 내 동생이 봤을 리가 없지 않겠나. 학교에서 해주지 않으니 내가 해주겠다! 그것을 내 작은 핸드백 속에 넣고 비행기를 타려고 하는데 9.11 테러 사건 이후 비행기 탑승 때 감시가 강화되어 일일이 다 꺼내 조사를 하는 것이었다. 순간적으로 당황해서 검사하는 사람에게 탑승 시간 다 되었다고 계속 독촉을 했고 그 사람도 민망했는지 못 본 척해 아직도 감사하게 생각하고 있다. 내가 동생에게 그것을 보여주자 동생은 그때부터 나를 몇 년 전 유행했던 '아우성 아줌마' 라고 부른다.

나는 체계적인 성교육을 받지 못했다. 사생활이 문란한 미국 친구들에게 전수받은 것이 대부분이었다. 나와 친하게 지내던 트레비스 포터란 아이는 나와 같은 나이인데도 벌써 아이가 둘이다. 가끔씩 미국 10대 영화를 보면 여러 아이들과 섹스를 한 것을 자랑스

배짱도 실력이다

러워 하는 아이들이 있는데 얘가 그런 애들 중의 하나인 것 같다. 그 두 아이의 어머니가 각각 다르다고 하니.

남자 친구들과 성관계를 가진 친구들에게 어떻게 임신을 피할 수 있느냐고 물어봤다. 거의 대부분이 콘돔을 쓴다고 했다. 그런데 타바사란 아이는 피임약을 쓴다고 했다. 이걸 사려면 의사와 상의한 후 동의서가 있어야 한다나.

나와 함께 소프트볼 팀에 있던 크리스티란 아이는 아기를 가져 다음 다음 학기에 돌아오게 된다. 중학교나 고등학교에 다니던 중 아이를 낳으면 특별 학교에 가서 한 달간 아기 기르는 법을 배운다고 타바사가 말해준 적이 있다.

그 애가 임신 사실을 알았을 때 뱃속의 아기는 2개월에 불과했다. 우리나라였다면 당연히 낙태를 했을 것이라고 확신한다. 거기다가 그 애는 나보다 2살이나 어린 15살(중3 아니면 고1)이다. 그런데도 아이를 낳겠다고 결심한 타바사와 낙태를 강요하지 않는 그녀의 부모님 이야기를 들으니 솔직히 놀랍다.

얼마 전 채널 원 학생 뉴스에서 10대 임신에 관한 특집 프로그램을 방송했다. 미국의 고등학생들은 10학년에서 11학년 사이에 성관계를 많이 시작한다고 한다. 또 10대에 아이를 낳으면 아이를 돌보기 위해 학교를 그만두는 경우가 많기 때문에 나중에 저임금에 시달리게 된다고 한다. 10대 임산부들의 50% 정도만이 고등학교를 정상 졸업한 아이들과 비슷한 액수의

미식 축구장에서 트레비스 포터와 함께

돈을 번다는 것이다. 또 어린 나이에 학교를 그만 두어야 하니까 사회적 성장을 방해한다는 것도 문제점으로 지적되었다.

요즘 한국에서도 많은 아이들이 혼전 순결을 지키지 않는다고 알고 있다. 그리고 미혼모가 많이 생겨나는데 우리는 아무 대책도 세우지 않고 곱지 않은 시선으로 바라볼 뿐이다. 우리도 이제는 마음의 문을 열고 더 적극적인 방법들을 가르칠 때가 되었다고 본다. '성 개방화' 라는 시대의 변화에 맞추어서 말이다. 동생은 나를 놀렸지만 나는 이렇게 생각한다. 나는 보통 아이들이 잘 모르는 호신술 하나를 더 아는 것뿐이라고.

우리는 사이버 세대

전화와 인터넷

"아니! 하이림, 지금 도대체 뭘 하고 있는 거니? 너 지금 잘 시간이야."

이 말은 한국에서만 들을 줄 알았는데 미국에서도 계속해서 들었다. 한국에서는 주로 밤 늦게 인터넷을 이용하곤 했다. 학교나 학원을 마치고 나면 늦은 시간이 되었고 그때서야 친구들은 약속이나 한 것처럼 채팅방으로 모여들었다. 우리는 주로 이야기를 나누는 편이었지만 때로는 온라인 게임을 즐기기도 했다.

지금은 우리 생활의 일부처럼 되어 있는 인터넷 문화. 미국에 갔더니 한마디로 충격이었다. 세계 제1의 부자 나라 미국에 사는 사람들이 모뎀을 쓰고 있다니. 너무 느려서 한국 사이트에 접속하면 시간 초과로 끊어지는 경우도 많았다. 가끔 한국 친구와 채팅을 했다.

"우리 이모는 정말 나한테 못 되게 굴어 속상해. 우리 부모님도 알고 있지만 내가 여기 살아야 되니까 별 방법이 없는 것뿐이야. 지금도 나한테 컴퓨터 그만하라고 난리를 치시잖아."

"지금 몇 시간째 하고 있는 건데?"

"한 5시간?"

차마 너무했다는 말은 못했다. 내가 컴퓨터를 특히 인터넷에 접속한 상태에서 그 정도 썼다면 호스트 집에서 쫓겨났을 것이다. 모뎀이니까 전화선에 연결이 되어 있어 내가 인터넷에 접속하면 전화를 못 받기 때문이었다.

2학기가 되자 친구와 대화를 나누려고 인터넷을 자주 이용했는데 한 번 접속을 하면 끊지를 못해 아주머니께 많이 혼났었다. 그래서 아주 늦은 밤에만 접속을 해야 했다. 이용료가 비싸니까 전용선을 설치해 놓은 친구들은 많지 않았다. 전용선이 있다 해도 속도는 한국보다 느렸다. 어떤 친구는 '전용선'이 뭔지도 몰랐다. 전화를 2대 가입해서 하나는 전화로 쓰고 다른 하나는 컴퓨터로 쓴다고 알고 있어 나를 당황하게 만들기도 했다. 이런 정도이니 아예 집에 인터넷이 설치되어 있지 않은 친구들도 많았다.

애들은 어느 나라든 다 똑같은 것 같다. 여기 아이들도 채팅을 많이 했다. 한국에서는 채팅 전문 사이트에 들어가서 친구들과 만났는데 여기서는 AOL(american online)이라는 곳에 접속을 한 후 친구들과 인스턴트 메시지로 이야기를 했다. 마치 몇 년 전에 천리안에 접속하던 때를 생각나게 하는 광경이다.

미국 아이들도 섹스, 채팅, 연예인 사이트 같은 것을 주로 이용한다. 인기 검색어 10위 안에는 그런 내용들이라고 한다. 예전에 9.11 테러가 나자 인기 검색어 순위에 국방부, 백악관, 오사마 빈 라덴 같은 내용들이 10위 안으로 들어왔다며 진정한 의미의 인터넷 시대가 이루어졌다고 사람들이 기뻐하던 일이 생각난다. 물론 얼마 후 다시 예전처럼 돌아가긴 했지만.

미국이 우리나라처럼 빠른 인터넷 시대를 열려면 몇 년이 더 걸릴까. 우리나라에서는 몇 초면 끝날 음악 다운로드가 몇 십 분에서 몇 시간이 걸린다. 한국에서와 같은 온라인 게임은 물론 상상도 못 해 보았다. 그래서 요즘 한국에서는 하는 사람이 거의 없는 카드 게임을 하는 사람들도 많다. 주로 컴퓨터에 깔아야 하는 게임들을 하는 것 같았다. 패트릭은 나를 만나기만 하면 집 짓고 사람 움직이는 '심슨' 이란 게임의 결과를 알려준다며 정신이 없다.

아주머니는 전화를 못 쓴다고 인터넷 좀 그만 하라고 했지만 나는 친구와 이야기를 하려면 인터넷을 해야만 했다. 교환 유학생은 자신이 쓴 전화 비용은 자신이 부담하게 되어 있는데 비용이 너무 비싸 감당을 할 수 없었기 때문이다.

우리 집 같은 경우는 친척들이 먼 곳에 살기 때문에 전화를 조금만 해도 비용이 엄청나게 비싸진다. 그래서 이 비용을 줄이기 위해 장거리 전화 회사에 가입을 했다. 아무리 먼 지역이라도 지역 번호만 같으면 1분 당 5센트만 지불하면 되었다.

　내가 미국 전화비 제도에 불만을 느낀 것은, 우리 주만 해도 거의 한반도 만하니까 한 주에도 당연히 지역 번호가 여러 개 있다. 내 친구들은 물론 나와 같은 지역 번호를 쓴다. 지역 번호 뒤의 첫 세 자리 번호는 로컬 번호로 우리나라 식으로 말하자면 도가 다를 경우에 쓰게 되는 번호이다. 그런데 도가 다르면 장거리 비용을 부담해야 했다. 분 당 9센트를 내야 했다. 도시로 옮겨와서 보니 공짜로 이용할 수 있는 로컬 번호들이 표시되어 있었다. 나는 처음 친구와 통화를 하면서 전화비를 은근히 걱정했다. 그러나 나중에 그것이 모두 공짜라는 것을 알고 역시 아는 것이 힘이라는 것을 느꼈다.

　덴튼에 살 때는 시골이라서 그랬는지 달랐다. 우리 집의 전화번호가 (336)846-7454이고 LA에 사는 내 친척은 (929)856-7898이라고 하자. 장거리 전화 서비스에 가입되어 있을 경우에는 다른 지역이면 싸게 통화할 수 있다. 그러나 (336)786-6787이면 지역 번호 뒤의 세 자리가 다르므로 비싸진다. (336)846-9876 같이 지역 번호와 뒤의 세 자리가 같다면 전화를 아무리 오래 하더라도 비용은 공짜라고 한다. 나는 개인적으로 이 제도에 불만이 많았다. 우리 집은 카운티 외곽 지역에 있었기 때문이다. 나와 가장 친했던 신디도 카운티 경계 지역에 살고 있었다. 외곽에 살고 있던 나는 언제나 비싼 전화를 사용해야 했기 때문에 속이 상할 때가 많았다.

배짱도 실력이다

"한국에도 휴대폰이 있니?"

친구에게 들은 이야기 중에서 가장 황당한 이야기 중의 하나였다. 우리나라의 휴대폰 기술을 모르다니. 아침마다 미국의 교육방송인 채널 원 뉴스를 봤는데 사은품으로 주는 것이 노키아폰이었다. 솔직히 미국 아이들이 예쁜 우리나라의 폰보다 왜 이런 것을 더 좋아하는지 아직도 이해할 수가 없다. 크기는 4~5년 전에 나왔던 전화기 만하고 두께는 손 큰 사람 양손을 겹쳐놓은 듯하다. 미국 아이들이 가지고 있는 핸드폰을 보면 아직까지도 플립형을 쓰고 있는데 뚜껑도 없다. 이런 것이 미국 최고 인기 모델이라니 믿을 수가 없다.

일본도 우리나라처럼 휴대폰이 대중화되어 있고 그 디자인도 세련되었다. 일본인 교환 학생 중 하나가 미국으로 오면서 자신이 쓰던 휴대폰을 수첩으로 쓰겠다며 가지고 왔다. 그 휴대폰을 미국 아이들에게 보여 주었더니 그 아이들이 신기해서 넘어갔다고 한다. 우리나라 휴대폰은 모양도 예쁘고 작으니까 미국에서 인기가 서서히 올라가고 있단다. 다만 값이 비싸서 살 수가 없을 뿐인 것 같다. 한국에서는 휴대폰 없는 고등학생이 거의 없지만 미국에서는 가지고 있는 사람 수가 더 적다. 요즘 들어서 점점 늘어나 70% 정도 되는 것 같고 계속 늘어나는 추세라서 우리나라 같이 될 것이라는 것은 쉽게 짐작할 수 있다.

한국에 다시 왔을 때 휴대폰에서 화음이 나오고 사진을 찍을 수 있는 기능에 칼라 화면까지 있어 너무 신기해서 눈을 뗄 수가 없었다. 내가 마치 시골에서 방금 올라온 아이 같은 느낌이 들었다. 미국에서는 요즘 들어 컬러폰이 새로 나왔다. 미국에서 유행하는 폰들은 우리나라에서 적어도 1년 전에 쓰던 것인 듯하다. 미국 아이들 대부분은 아직 한국이 아프리카 같은 줄 안다. 만약 이런 광경을 보여 준다면 어떻게 생각할까.

얼굴 색깔

인종문제

"너 미국에서 공부했어? 그 동네에 한국인 있었니?"

사람들이 이렇게 물어온다. 예전에 루이지애나에 있었던 교환 학생을 만난 적이 있었는데 그 애는 자기가 살던 곳에 백인이 몇 퍼센트, 흑인이 몇 퍼센트 그리고 다른 인종이 몇 퍼센트라고 말해주면서 자신이 유일한 한국인이라고 말했다. 나는 그렇게 말을 할 필요도 없으니 정말 편하다.

"저는 우리 학교에서 얼굴에 색깔이 있는 유일한 사람이었는데요."

그런 동네에 살았기 때문인지 영화 속에서 백인 우월주의 단체들을 보면 유난히 관심이 간다. 영화 '타임 투 킬'을 보면서 하얀 옷에 흰 고깔 모자 쓴 사람들이 동네 주민 같은 것도 이 때문인 듯 하다. 말로만 듣던 KKK이다.

미국은 독립전쟁 후 아직까지 KKK(Ku Klux Klan·백인 우월주의를 내세우는 미국의 극우 비밀결사)가 존재하고 있다. 테네시에서 시작되었다고 하는데 지금은 우리 동네로 옮겨와 KKK 회의장이 우리 동네 모퉁이 어딘가에 있다. 회의장은 트레일러로 옆구리에 KKK를 상징하는 심볼이 그려져 있는데 모양이 꼭 독일 나치의 상징 같다고 한다.

아주머니께서 예전에 살던 집 건너 편의 사람이 KKK의 최고 의장이었다고 한다. 이 동네에 사는 사람들 중 70% 이상이 KKK에 소속이 되어 있다고 하니까 흑인들이 살 리가 없다. 이 사람들은 유태계와 가톨릭도 싫어한다고 한다. 그래서 우리 동네는 가톨릭 신자가 거의 없고 가톨릭 교회도 없다.

"저 사람들이 저를 죽이는 것이 아닐까요?"

"아시안에게는 인종 편견이 많지 않아 안전하대."

아줌마가 이렇게 말씀을 해 주셨지만 속 타는 나의 심정을 알 리 없다. 그런데 실제로 학교 친구들은 백인들만 보다가 아시안을 보니 오히려 잘해줬다. 내 친구의 말로는 아시안은 너무 귀엽다나.

겉으로는 평화로워 보이는 덴튼 그러나 20년 전에는 인종 차별법이 폐지된 지 얼마 되지 않아 그 '차별'의 정도가 굉장히 심했다고 한다. 한번은 아주머니의 딸이 흑인 친구를 데리고 온 적이 있었는데 KKK 사람들이 어떻게 알아냈는지 차를 타고 지나가면서 개를 보고 외치며 지나갔다.

"Go away, you fucken nigger!"

딸은 이곳에 더 머물렀다가는 더 심한 일이 생길 것이라 예상하고 개를 데리고 떠나야만 했다나.

12년 전에는 흑인 부부가 아이 3명을 데리고 이 동네에 있는 고등학교에 갔었는데 교장이 아예 받는 것을 거부했다고 한다. 큰 일에 휩싸일 것이라는 불길한 말과 함께 말이다. 그래도 그 부부는 아이들을 그 학교에 보냈는데 아이들은 학교에서 하루를 보낸 후 다시는 돌아가지 않았다고 한다.

지금 이 정도는 아니라 하더라도 아직도 흑인들은 이 동네에 오는 것을 꺼린다. 동네 패스트 푸드점에 흑인 여자가 일을 하기 시작했는데 친구들은 흑인이 동네에서 일을 한다는 그 자체에 놀라 입을 다물지 못했다. 내 앞에 앉아 있던 여자애가 말했다.

"Oh, my god."

우리 학교에 흑인 선생님이 딱 한 분 계신다. 그 선생님을 고용할 때 보수적인 학부모들의 반대가 너무 심해 교장 선생님이 나서서 싸우셨다고 한다. 시대의 변화를 따라야 한다고.

마을이 그리 크지 않은 곳에 자리잡은 우리 학교는 중학교와 고등학교가 붙어 있다. 전교생이 한 1천 명쯤 된다. 이 많은 학생들 중 중학교에 흑인 아이가 딱 한 명 있다. 선생님들은 그 아이가 학교에서 적응을 잘하는 것이 뿌듯하다고 하셨다.

작년에 어떤 백인 아이가 개한테 니그로라고 해서 싸움이 났다.

싸움이 나면 둘 다 처벌을 받는 것이 보통이다. 그러나 백인 아이만 1년 정학을 시켰고 흑인 아이에게는 아무런 죄도 묻지 않았다고 했다. 학교에서 흑인 아이를 이 정도로 감싸고 있으니 얘는 문제없이 졸업할 수 있을 것 같다.

채널 원 뉴스를 보았을 때, 아주 감동적인 이야기가 있었다. 조지아의 한 학교에서 전통적으로 백인 프롬과 흑인 프롬을 따로 열었다고 한다. 그런데 올해 들어 두 인종의 학생들이 힘을 합쳐 하나의 프롬을 만들었고 프롬의 퀸은 백인 여학생이, 킹은 흑인 남학생이 뽑혀 둘이 같이 춤을 추는 것이었다. 리포터는 이것이 구세대가 만들어 놓은 악법을 새로운 세대가 고쳐 나가는 긍정적인 현상이라고 말했다.

내가 트레비스 집에 놀러갔을 때 아시안은 누구와 더 친하냐고 물었다. 그러자 걔는 아시안은 백인과 흑인을 마음대로 택할 수 있는 자유가 있다고 했다. 아시안은 인종 문제에서 언제나 외곽부에 있었기 때문에 편견이 그리 심하지 않은 것 같다.

그러나 아시안도 아직까지 인종 문제가 많이 남아 있는 남부에 있으면 친구를 사귈 때 많이 힘들다. 흑인들은 처음부터 마음의 문을 열고 친구로 받아주는 경우가 많은데 백인들은 서서히 열기 시작한다. 내 친구 중 하나는 남부 쪽

타마나리와 코헤이, 두 일본 학생들과 함께.

의 학교에 있었다. 걔는 정이 그리워 친근하게 다가오는 흑인들과 어울리기 시작했는데 문제는 그 후에 보이기 시작했다. 한 번 어떤 그룹에 속하면 다른 그룹에 들어가기가 굉장히 힘들어진다. 즉 백인 친구를 사귀기가 어려워졌다.

그들은 보이지 않지만 서로에게 나쁜 감정이 있고 우리는 은연 중 그것들을 배우게 된다. 나는 백인들과만 있었기 때문에 지금도 흑인을 보면 무서운 느낌이 든다. 내 친구는 흑인 친구하고 거의 모든 시간을 보냈었으니까 백인 친구들은 차갑고 못 됐다며 싫어한다. 우리 동네가 다른 곳보다 심할 것이라고 생각은 하지만 기본적으로 남부의 주들은 다른 주들보다 심한 경우가 많다. 아주머니께서 말씀하시기를 다른 주에 가더라도 정도의 차이이지 흑백 차별이 없다고는 할 수 없다고 하셨다. 그러니까 친구를 사귈 때는 신중하게 고려해야 한다.

우리 주에 그린스보로라는 도시가 있다. 이곳에서 흑인들만 사는 동네에 가 봤다. 흑인 동네는 물론 백인 동네보다 가난하다. 회사에서 아무리 열심히 일을 해도 백인에게 임금을 더 많이 주기 때문이라고 한다. 아주머니께서는 이런 것을 보면 인종 차별이란 것이 얼마나 나쁜가를 느낀다고 하셨다.

백인과 흑인 둘 다와 친하고 싶어도 그렇게 하기가 힘든 것은 그들의 언어 스타일이나 옷을 입는 스타일이 서로 다르기 때문이다. 옷을 입는 브랜드조차 다르다. 백인들은 주로 타미 힐피거나 캘빈

클라인 같은 것을 입는데 흑인들은 푸부를 입는다. 백인들의 경우, 몸에 맞는 청바지에 셔츠가 가장 주된 화이트 스타일이라고 한다. 흑인들의 경우는 물론 힙합이다. 바지를 굉장히 헐렁하게 입고 골반에 걸친다. 또 굉장히 큰 박스 티나 후드를 입는데 그 색깔이 은색으로 반짝거려 황당한 느낌이 들기도 한다.

요즘 한국 아이들이 약간 힙합으로 해서 무릎 약간 아랫부분에서 조이는 것을 보았는데, 내가 만약에 그렇게 해서 우리 동네 갔으면 웃음거리가 되었을 것이다. 그건 흑인 스타일이기 때문이다. 백인들은 운동화를 신을 때 끈을 조이지만 흑인들은 큰 신발에 끈도 완전하게 조이지 않아 신발의 끝 부분이 바닥에 끌리도록 한다.

소프트볼 팀에 있는 친구 [illegible] 에 갔었다. 그 때 나는 소프트볼 바지를 입고 있었는데 이것을 무릎 위 부분까지 끌어 올렸었는데 걸을 때 한 쪽이 그만 내려갔다.

"너 흑인이니?"

"어?"

"지금 한 쪽은 내리고 한 쪽은 올렸잖아. 흑인들만 그렇게 한단 말이야."

아이고. 한번의 실수로 흑인 옷을 입었다는 오해까지 받게 될 줄이야. 우리 학교에 일본 교환 학생이 하나 있었는데 원래 흑인 학교에 있다가 동네가 너무 싫어 학교를 바꾸었다. 그 다음에 걔는 전에 샀던 옷들을 정리하고 백인들의 스타일에 맞춘 옷을 새로 산 것은 물론이었다.

　미국은 인종의 전시장으로 모든 인종이 모여 다 잘 살아간다고 생각했었다. 그런데 그런 것만은 아닌 것 같다. 그래서 흑인 폭동이 일어났던 것이 아닐까. 텔레비전에서 LA 흑인 폭동 10주년 후의 모습들을 보여주니까 세월의 치유 능력이란 생각보다 빠른 것 같다. 언젠가는 세월이 인종 문제 자체를 없애주는 날이 오지 않을까?

저희는 나쁜 사람이 아니예요

처벌

미국의 사우스 데이비슨 고등학교에 온지 한 2달쯤 되었던 것 같다. 이제 친구들도 생겼겠다, 지내는 곳에 대한 정도 좀 들었겠다, 한마디로 이곳에서 잘 보낼 수 있다는 생각이 들었다.

처음 학교에 도착하던 날 카운슬러는 조그마한 책자를 한 권 주었다. 학교에서 지켜야 할 규칙들을 적어놓은 것이었다. 안 그래도 읽는 것이 쉽지 않았는데 깨알 같은 글씨가 종이를 가득 채우고 있으니 읽을 용기가 더더욱 나지 않았다. 뭐 규칙들이라는 것이 친구들이랑 싸우지 말고, 선생님을 공경하라는 그런 것이 아니겠는가.

나는 한국에서 쓰던 필통과 그 내용물까지 그대로 넣어 미국에서 쓰고 있었다. 한국의 거의 모든 아이들이 가지고 다니는 공작용 칼도 그 내용물 중의 하나였다.

어느 날 미술 시간에 도화지에 크레파스를 칠한 후 검은 색을 덧

입혀 그 위를 긁어내는 스크래칭을 하고 있었다. 친구들은 클립을 푼다거나 샤프의 뾰족한 부분을 사용했지만 뾰족한 칼 끝을 쓴 나는 친구들보다 모양도 예쁘고 빠르게 그릴 수 있었다. 한국에서 했던 유치한 장난기가 발동했다. 세라를 놀라게 하고 싶어서 '워' 라는 효과음과 함께 그 칼을 빨리, 길게 뽑았다.

"이건 재미가 있지 않아."

화가 난 표정이었다. 그리고 선생님께 그 일을 전부 말해버렸다. 그러자 선생님께서는 집에 갈 때 줄 테니까 자신에게 맡기라고 했다. 오후 영어 시간 수업 중에 미술 선생님께서 나를 부르시더니 교감 선생님에게 데리고 가시는 것이다. 그 곳에 문제의 그 '칼' 이 있었다. 교감 선생님은 아랫배가 축 처지고 머리카락이 많이 없는 분이다. 거기다가 무게를 깐 차가운 얼굴까지 지녔는데 나를 똑바로 쳐다보면서 지루한 설교를 시작하는 것이었다.

무기에는 두 종류가 있는데 그 첫 번째의 것은 비정상적 형태의 무기인데 그 예가 연필이란다. 학교 생활에 꼭 필요하지만 뾰족하니까 만약에 내가 그것을 이용해서 남을 찌른다면 무기로 돌변할 수 있다는 것이다. 두 번째의 것은 정상적인 형태의 무기인데 칼은 완벽한 무기이며 이번 9.11 테러 사건에서 범인들이 이용한 것이 '칼' 이었다고 하셨다. 그 후 무기 규제가 굉장히 엄격한데 내가 이런 것을 소지하고 있는 것이 놀랍다고 했다.

한국에서 이런 일을 당해도 서러울 터인데 먼 타향 땅에서 겪으니까 더 억울하고 서러웠다. 아직까지 미국 아이들처럼 선생님과 허물

없이 지낼 수 있는 단계도 아니었기 때문에 담당 선생님도 아닌 교감 선생님께 혼났다는 사실에 슬픔이 복받혀 왔다. 눈물을 흘리니까 긴 설교는 끝이 났다. 그런데 선생님께서 칼을 줄 수 없다는 것이었다. 그 칼은 보호자가 교무실까지 와서 도장을 찍은 후 가지고 갈 수 있다고 했다. 그래서 손잡이인 플라스틱 부분만 돌려 받았다.

한국에 돌아온 후 짐 정리를 하다가 우연히 플라스틱 부분을 찾아내었다. 웃음이 났다. 휴지통에 버리는 순간 이런 생각이 들었다. 아직까지 그 칼날은 선생님 책상 속에 있겠지.

한 번은 더 당황스러운 일도 겪었다. 어느 날 학교에서 감기약을 먹으려고 했는데 친구가 놀라면서 어떻게 이런 것을 가지고 올 수 있느냐고 하는 것이었다. 아픈데 약도 못 먹게 하면 어떻게 병을 고칠 수 있다는 말인가. 그냥 무시하고 약을 먹어 버렸다. 그런데 한 달 후 흥미로운 일이 생겼다.

미국에서는 비정기적으로 한 번씩 경찰이 교감 또는 교장 선생님과 개를 데리고 학생들의 가방을 조사한다. 아이들이 '가져서는 안 될 품목'을 가지고 있는지를 확인하기 위해서라나. 그들이 시키는 대로 복도 벽에 한 줄로 서서 끝나기를 기다렸다. 교실에 다시 들어가도 좋다는 허락을 받았을 때 두 개의 가방이 복도로 나오는 것을 보았다. 하나는 우리 반의 사고뭉치 타바싸의 것이었고 다른 하나는 놀랍게도 내 프롬 데이트 상대인 패트릭 것이었다. 그 둘은 학교의 ISS로 불려 갔다. 타바싸는 정말로 마리화나를 가지고 있어 3일

정학을 당했지만 패트릭이 가지고 있던 것은 감기약이었다. 예전에 친구가 했던 말이 실감이 났다. 잘못했다가 또 한 번 오해를 받을 뻔했다.

미국은 체벌 자체가 불법이라 당장 학교에서 쫓겨나는 것은 물론 아동 학대죄로 감옥에 들어갈 수도 있다고 한다. 그래서 선생님들은 학생들과 대화로 모든 것을 해결해야 한다. 그러다가 도저히 통제 불능이라는 느낌이 들면 교실에서 나가라고 하시거나 교실 바닥에 앉아 있으라고 하신다.

그 중에 정도가 심한 학생은 ISS(in school suspension)나 SMC(school management center)로 보낸다. 우리나라의 학생 관리처나 반성실과 비슷한 곳이다. 이곳에 보내질 때 선생님께서는 쪽지를 주신다. 그 쪽지에는 아이들의 '비행' 내용이 적혀 있다. 친한 친구인 신디에게 그곳이 어떤 곳인가 물어 보았는데 자신은 어릴 적에 2번 가본 적이 있단다. 그곳에서 감독 선생님과 상담을 하거나 반성문을 쓰고 가만히 앉아 있기만 하면 된다고 했다. 조용하기 때문에 잠자기도 아주 좋다나. 하여튼 우리나라만큼 무겁고 심각한 장소는 아닌 것 같다.

반성실에서 시간을 보낸다 하더라도 선생님들이 그런 학생들을 차별을 두지 않는 것이 미국의 가장 좋은 점인 것 같다. 아마도 성장해 가는 과정의 하나라고 느끼는가 보다.

사실 교감 선생님에게 갔다온 후 나는 나를 이렇게 만든 선생님과 세라에게 섭섭한 감정도 많았다. 그런데도 세라와는 다시 친한 친구가 되었고 선생님께서도 나에게 미안했는지 오히려 점수를 잘 주셔서 나중에는 '한번 더 가볼까' 하고 생각하면서 피식 웃기도 했다.

한국과 학교 규칙이 달라서 힘들었다. 겪어본 사람의 입장에서 말을 하는데 사소한 일이 문제가 되면 한마디로 황당하다.

수업 시간에 지각을 하면 학생과로 가서 10분 동안 지도 선생님 앞에 앉아 있어야 한다. 지각을 2번 하면 점심 시간에 교내 청소를 해야 하고 3번 째에는 결석 한 번으로 처리 되었다. 과제물을 정해진 시간 안에 제출하지 못했을 경우 그날 안에 제출을 한다면 약간 낮은 선에서 점수를 받을 수 있지만 날짜가 지나면 자신이 받은 그 점수에서 지나간 날짜만큼 나눈 점수를 받게 된다. 그리고 4일이 지나도 가져오지 않은 경우에는 0점 처리가 된다.

나는 이 학교에서 한 번 대형 사고를 치고 말았다. 영어 시간에 '욕망이라는 이름의 전차' 라는 연극을 끝낸 후에 이에 대한 에세이를 써야 하는 숙제가 있었다. 쓰기가 귀찮아서 한국에서 늘 하던 대로 인터넷에서 요약 노트를 보고 내용을 대충 끼워 맞추어 썼는데 그만 선생님께 발각이 되고 만 것이다.

교칙에 의하면 베낀 글은 무조건 0점을 받고 교사, 학생 처장 그리고 카운슬러가 학생의 부모와 면담을 한다고 한다. 그리고 이런 일이 한번 더 발생할 경우 그 학생은 쫓겨난다는 것이다. 다행히 나

배짱도 실력이다

는 외국 학생이라서 이만큼 심각한 처벌은 받지 않았다.

　한국 학생들이 익숙한 '봐주기'는 미국에서 용납이 되지 않는다는 것을 느꼈다. 모든 것은 법칙대로. 차갑다고 느껴질 수도 있지만 원리 원칙을 따르는 태도가 더 정직해 보였다. 내게 그리고 한국 학생들에게 상당히 낯설다 하더라도 어찌하는가? 여기가 미국인 이상 그들의 법에 따라야 하는 것을.

3 더 이상
소녀가 아니다

America
ABC
dream
Schoolbus
America

# 말을 하고 삽시다

"선생님, 제가 오늘 학교에 늦어진 것은…"

"아니, 이게 어디 건방지게 대들고 난리야! 선생님이 잘못했다면 그런 줄 알고 반성을 해야지!"

한국에서는 지금도 어렵지 않게 찾아볼 수 있을 광경이다. 미국에 처음 왔을 때 나는 '버릇없는' 아이들을 많이 찾아볼 수 있었다.

수업 중에 선생님이 학생에게 불만을 표시했는데 학생이 반론을 했다. 선생님께서 아이에게 이의를 제기한 부분에 대해서 이야기를 나누기 시작했고 선생님과 아이는 결국 타협점에 이른다. 우리 나라에서는 상상도 할 수 없는 일이었다. 아마 버릇이 없다는 말과 함께 꿀밤이 날아오지 않았을까.

한국에 있는 친구들 중에는 부모님께 뭔가를 숨기는 일이 굉장히 많다. 미국에 있는 한국 유학생 친구 하나도 부모님께 전화를 할 때 자신이 어떻게 지내는지 말하는 것을 꺼린다. 견문을 넓히겠다는 생각으로 여행을 갔다 왔는데 부모님께 말하자 공부는 안하고 쓸데없는 짓을 했다고 화를 내셨기 때문이다.

처음 미국 생활을 할 때 굉장히 힘든 것이 하나 있었다. 한국에서는 누군가가 전학을 오면 아이들이 나서서 도와주려고 한다. 매점은 어디 있고 화장실은 어디 있으며 선생님은 어떠시니까 어떻게 하면 좋다는 조그마한 사항까지도 일러주곤 한다. 그런데 여기에서는 아무도 그렇게 해 주는 사람이 없었다. 뭔가 궁금한 것이 있다면 반드시 물어봐야만 했다.

친구에게 물어봤더니 다 이유가 있다고 했다. 첫 번째 자기 일이 아니니까 관심이 없어 그렇고 두 번째 묻지도 않는데 알려주면 잘난 체 한다는 인상을 준다는 것이다. 이 말을 들으니까 기분이 묘하다. 나는 자존심이 상해서 친구들한테 물어보지 못하는 경우도 많았는데.

이 곳에 오니까 한국적인 '은근함' 이 그리워지기도 했다. 아이가 못 일어나고 있으면 어머니께서 들어오셔서 '어디 아프니? 하고 이마에 손을 올려주는 그런 것 말이다. 우리나라 드라마나 선전들을 '손끝으로 말하고 눈으로 말하는' 경우가 많은데 이것이 여기서도 통했으면 좋겠다.

하루는 감기에 걸려서 누워 있었다. 아주머니는 나를 깨우러 들어오셨는데 내가 아파 보이지도 않는지 마구 흔들어 깨우신다. 부

배짱도 실력이다

스스한 눈을 뜨고 의미 있는 눈빛을 보냈는데 이런 말이 돌아왔다.

"일어나라. 학교 갈 시간이잖아. 빨리 준비해야지."

결국 내가 아프다는 말을 직접 해야 했다. 말도 잘 못하는데 이런 일을 겪으니까 더 당황스럽다. 그래서 지금은 이렇게 말한다. 만국 공통의 용어, 손짓과 발짓이 있으니까 꼭 말을 해야 한다고. 아니면 쪽지를 쓰든.

처음 왔을 때 아주머니는 나에게 놀라셨다. 내가 모든 대답을 '네' 라고만 했기 때문이었다. 심지어는 그렇게 싫어하는 양파를 좋아하느냐고 물어왔을 때도 '네' 라고 대답했다. 나 때문에 그 집에서 양파를 못 먹게 되는 일이 생기는 것을 피하고 싶었던 것이지만 나는 괴로웠다.

일 주일쯤 지나서일까. 아주머니는 내가 '노' 라고 대답을 못 하는 것을 아시고 괜찮으니까 하기 싫은 것은 싫다고 말을 하라고 하셨다. 분명하고 솔직한 것을 좋아하는 미국인의 성격에 계속되는 '네' 는 부담스러웠나 보다.

자신의 의사를 떳떳하게 밝혀도 아무런 문제가 없었으니까 나도 편했다. 이래서 사람은 솔직해져야 하나 보다. 그때부터 아주머니와 대화하는 일이 많아졌다.

그래도 한 가지 전제 조건은 있는 듯 하다. 이야기를 할 때에 '자세의 중요성' 이라고나 할까. 우리가 나이 많으신 분들께 이야기를 하면 그 분들 중 대다수가 화를 내는 것도 '버르장머리 없는 자세'

때문이다. 한국에서 어른들께 꾸중을 듣고 있다가 실수로 머리를 들면 이런 말이 나온다.

"어디 잘 한 것도 없는데 고개를 들어? 어서 숙여!"

하루는 아주머니께서 내가 신발에 더러운 것을 묻힌 채 들어온다고 꾸중을 했다. 나는 한국에서 했던 버릇대로 고개를 숙였다. 그러니까 아주머니께서 굉장히 놀라시면서 이제부터는 고개 들고 있으라고 하시는 것이다. 고개를 딱 쳐들고 꾸중 듣는 기분은 아주 묘했다.

미국 경찰들이 멕시칸들을 체포해서 심문을 하는데 멕시칸들은 언제나 고개를 숙이고 있다고 한다. 그러면 경찰들은 더 화를 내면서 집요하게 따진다는 것이다. 멕시칸들은 반성의 표시로 그러는 것인데 미국인들은 그들이 정직하지 못하기 때문이라고 생각을 하기 때문이란다.

교환 학생으로 있으면서 가장 좋은 점은 역시 '대화'를 할 수 있는 기회가 많다는 것이다. 기숙사에 있으면 아무래도 만나는 사람들이 한정이 되어 다양한 대화 상대를 만날 수 없다.

나는 모방을 좋아하는 성격이다. 처음 왔을 때는 많은 사람들이 그랬던 것처럼 방에 틀어 박혀 문법책이나 단어들과 싸우는 나날을 보냈다.

나를 방에서 꺼내려고 노력하셨던 아주머니의 도움이 없었다면 교환 학생 시절 내내 그랬을지도 모른다.

사람들이 어떻게 교환 학생이 어학 연수를 하는 것보다 영어가

배짱도 실력이다

많이 늘 수 있냐고 물어올 때가 있다. 솔직히 어학 연수 안 가봐서 모르겠지만 자신의 말을 들어주고 도와주려는 가족들이 있기 때문인 것 같다.

노스 캐롤라이나에 있을 때에는 가족들과 친해 나도 그들과 대화할 때는 마음의 문을 연 상태였다.

그런데 산타 바바라에 오고 나서는 가족들과 친하지 않았으니 대화 내용은 언제나 무미건조했으며 그들과 있는 것이 시간 낭비인 것처럼 느껴지기까지 했다.

그래서 한국에서 그랬던 것처럼 친구들과 놀러갈 때에도 대학교 도서관에서 공부한다고 그랬는데 그만 그것이 발각된 뒤부터 거짓말쟁이라며 호스트 아주머니께 더 괴롭힘을 당했다.

그 후로 아주머니와 나 사이에 문제가 생기기만 하면 아주머니는 이때까지 있었던 일들을 하나하나 다 끄집어내 나열했기 때문에 나에게는 치명타였다. 한국에서는 사소하게 넘어갈 수 있는 문제라도 여기서 거짓말은 절대로 안된단다.

나는 호스트 아주머니에게 꾸중을 들으면 울기만 했다. 그러면 아주머니는 내가 말을 하지 않는다고 더 화를 내곤 하셨다. 아시안의 문화가 어쨌든 자기 표현은 할 줄 알아야 한다는 것이었다. 이 말이 옳다는 것은 알지만 나는 아직도 일방적이고 이기적인, 남의 문화를 배려할 줄 모르는 아주머니의 이 태도에 화가 난다.

우리나라 사람들에게는 타협을 이끌어 낼 수 있는 대화 기술이 부족하다고 본다. 나도 아직은 부모님과 이야기를 하면 부모님이 하시는 이야기가 전부 참견 같기만 하다. 그러나 언젠가는 서로 모든 것을 이해할 수 있는 날이 올 것이라고 생각한다.

배짱도 실력이다

훌쩍 큰 아이들

자립심

"Oh, all Koreans are wonderful(와, 한국 애들은 너나없이 대단해)!"

내가 학교를 바꾼 후 처음 수업 스케줄을 짤 때 카운슬러 드위 선생님(선생님은 내가 책을 쓰면 자기 이름을 꼭 넣어달라고 간곡하게 부탁했다)이 한 말이었다. 우리 학교에 있었던 한국계 아이들이나 한국 유학생들은 수학을 잘하고 배우려는 열망이 대단하다면서 칭찬을 아끼지 않았다. 물론 그 친구들이 '자기가 좋아서 하는 것'인지 '시켜서 하는 것'인지 알 수는 없지만.

미국인 친구 하나가 기숙사에 있을 때 한국인과 같이 있었던 적이 있었단다. 대학생이 되었으면 자기 일

세계사 시간에 나탈리, 제니퍼와 함께.

을 알아서 할 만도 했지만 일일이 부모님 통제에 따르는 모습을 보고 무척 놀라웠다고. 그 말을 듣고 내 한국인 친구들은 다 그렇다고 말해줬다.

한국에서 나와 친구들은 수능시험을 인생의 가장 큰 전환점으로 생각했다. 그런데 미국 친구들은 16세와 18세가 되는 날을 전환점으로 생각한다는 것이었다. 이유인 즉, 미국의 모든 주들은 만 16세가 되면 운전을 허용한다고 한다. 운전이 왜 그렇게 중요한 가를 물었더니 직업을 쉽게 가질 수 있기 때문이란다. 미국은 땅이 넓어 먼 곳에 일자리를 잡을 수도 있다는 얘기였다. 16세가 되면 햄버거 가게에서 햄버거를 굽거나 음식 서빙, 식품점 계산대에서 일하는 아이들이 많다. 경제적으로 자립을 하기 시작하는 때이다. 미국 아이들은 용돈을 스스로 벌고 쓰는 법을 배운다.

18세가 되면 합법적으로 부모에게서 독립할 수 있다. 내 친구인 신디 부모님은 신디에게 교회에 같이 나가기를 원한다. 그러면 걔는 그렇게 해야만 한다. 아직 17세이기 때문이다. 그래서 그 애는 늘 내게 이렇게 말을 하곤 했다.

"난 18세가 되는 날, 제일 먼저 부모님께 교회 안 나가겠다고 얘기할 거야. 그리고 집을 떠나서 다른 곳에서 살 거야."

물론 부모님들도 더 이상 참견을 할 수 없단다. 자신이 결정하고 그 결정에 책임질 권리를 법이 인정했기 때문이라나. 내 나이 또래 아이가 이런 식으로 말을 하니까 굉장히 무섭다. 내 친구들도 부모님으로부터 정신적으로는 자립한 경우가 많았다.

배짱도 실력이다

우리나라 대학생들은 집에서 대학에 다니는 경우가 대부분이다. 하숙을 해도 부모님이 일일이 생활에 참견을 하는 경우가 많다. 아직 정신적으로, 경제적으로 자립한 상태가 아니기 때문이다.

미국에서도 자식이 경제적으로 자립하지 못하고 부모에게 얹혀 살면 부모가 자식에게 참견할 수 있는 권리가 생긴다. 미국 대학들은 굉장히 비싸서 학생 능력으로 그 비용을 부담한다는 것은 거의 불가능에 가깝다. 그래서 경제적 능력 없이 대학에 다니려면 부모 도움을 받아야 하고 그렇게 되면 간섭도 감수해야 한다. 정말로 부모에게서 독립하고 싶은 대학생들은 은행에서 대출 받아 등록금 내고 졸업해서 직장 가진 다음 갚아나가는 경우도 흔하다.

내 친구 엄마 말로는, 사립대학 다니는 학생과 결혼을 하게 되면 그 사람 빚이 얼마인지 꼭 알아보라고 한다. 아무리 학비가 비싸도 자식 고생하는 게 안타까워 집에서 학교 다니며 비용 줄이라고 권하는 부모들은 거의 없다. 이제 자식은 자신의 발로 홀로 서야 할 나이라는 것을 부모님들은 알기 때문이다. 우리 호스트 아주머니는 우리 지역 책임자가 스무 살이나 된 딸과 함께 산다는 것을 알고 오히려 놀라면서 어떻게 아직까지 그런 과년한 딸을 데리고 있을 수 있느냐고 못믿겠다는 투로 말할 정도였다.

부모님으로부터 자립하겠다는 마음을 가질 수 있는 것은 그들이 자라온 환경에서 찾을 수 있지 않을까 생각한다. 미국 친구들은 어릴 때부터 사생활을 존중해주는 환경에서 자란다. 자신이 내린 결정을 남들이 인정해 준다는 말이다. 아이들은 자기 스스로 결정을 하고 더 나은 길을 찾아갈 수가 있다. 물론 그 배경에는 아이들이 그러는 것을 이해해줄 수 있는 어른들이 있다. 아이들은 이 과정에서 자연스럽게 정신적 자립심이 갖춰지는 것 같다. 시간이 지나면서 이것이 경제적 자립으로 발전한다.

한국에서는 다이어리를 가지고 다니는 아이들이 많다. 간혹 아이들 중에 그 안에 일기를 쓰는 경우도 있는데 개들은 앞에 늘 이렇게 적어놓곤 했다.

'이건 내 일기입니다. 읽으면 절대로 안됩니다.'

이 말은 남의 일기를 보는 아이들이 그만큼 많다는 뜻이다. 사실 나도 한국에 있을 때 친구들의 사생활에 굉장히 관심이 많았다. 특히 친구들이 뭔가 숨기려고 하면 더 관심이 가서 끝까지 알아내려고 했었다. 미국에서는 영어 시간에 선생님이 주는 주제에 따라 사적인 내용이 많이 담긴 수필을 쓴다. 아이들은 파지를 휴지통에 버린다. 그러면 어떤 내용인지 궁금해서라도 꺼내 볼 아이들이 있을 듯한데 아무도 그 파지에 관심을 갖지 않는다. 다른 사람의 생각에는 관심을 갖지 않는 아이들이 많기 때문인가 보다.

다른 사람이 어떤 일을 하더라도 자신에게 피해를 끼치지 않는 이상 신경 쓰지 않겠다는 걸까? 케네디가 아무리 문란한 사생활을 했다 하더라도 미국인들은 그걸 따지지 않았다. 그를 가장 훌륭한 대통령 중의 하나로 생각하고 아직도 그리워하고 있다. 클린턴은

배짱도 실력이다

성 추문 사건을 일으킨 장본인이지만 경제 문제에 대한 능력이 탁
월했던 덕인지 미국인들은 그를 좋은 대통령으로 인정하고 있는 것
같았다. 누군가에게 이렇게 물어봤다.

"그 사람들은 공인이고 다른 사람들의 모범이 되어야 하는데 왜
괜찮다는 말을 하는 거죠?"

"그건 그 사람 사생활이기 때문이지."

처음에는 부모들이 너무 간섭하지 않는 모습에 자식을 '방치' 하
는 것 같아 보이기도 했다. 미국인들은 자식들에게 관심도 없나. 그
것이 아니었다. 자기 자식인데 어떻게 관심이 없을 수가 있을까. 미
국의 부모 중에서도 한국인처럼 아이들에게 공부를 심할 정도로 시
키는 사람도 아주 극소수 있다. 그리고 거의 모든 미국의 부모도 자
기 아이들이 성공적인 미래를 살아가기를 원한다는 것도 볼 수 있
었다. 그러나 부모는 자식이 의사가 되기를 기대해도 아이가 원하
는 길이 다를 경우 그것을 믿고 지켜봐 주는 것이 미국인이고, 무슨
일이 있어도 의사로 만드는 사람이 한국인인 것 같다. 나도 한국을
떠나온 후로 은근히 책임감을 느낀다. 내가 선택한 인생이니까 내
가 책임을 져야 하니깐 말이다.

새로운 땅의 새 사람

친구 만나기

"안녕하세요. 저는 한국에서 온 교환 학생인 하이림 박이라고 해요."

미국에서 가장 많이 한 말 중에서 하나를 꼽으라면 망설임 없이 '내 소개' 라고 하겠다. 호스트 가족들과 있으면 좋은 점 중의 하나가 그들의 친척이나 친구를 자연스럽게 만날 수 있기 때문에 새롭고 다양한 계층의 사람들을 많이 접하게 된다.

미국에 와서 가장 먼저 만난 사람은 바로 호스트 할아버지 부부였다. 그 분들은 버지니아에 살고 계셨는데 예전에 광부였다고 한다. 광산에 대한 열정이나 그 당시 사용했던 물품들에 대한 애착이 대단하셔서 지하에는 아주 굉장한 컬렉션까지 있다. 지금 사시는 곳도 자신이 예전에 일을 했던 웨스트 버지니아의 포카혼타스 광산과 가깝기 때문에 택했을 정도이다.

할아버지는 나에게 광산 구경을 시켜 주셨다. 할머니는 처음 만났는데도 계속 껴안으시면서 '하니, 하니' 하셔서 숨이 막혀 죽는 줄 알았다. 굉장히 따뜻한 대접이었다. 한국에서는 가까운 친척이라도 오래 보지 않으면 거리감이 느껴져서 피하게 되는데 얼굴도 전혀 다르게 생긴 나를 친척 중의 하나로 생각해 주시는 것이 놀랍기도 했다. 내가 한국에 돌아갈 때가 가까워졌을 때에 우리 집에 놀러 오셔서 나한테 이런 말까지 해 주셨다.

"나중에 미국에 또 오면 꼭 나를 보러 와야 해."

이것을 시작으로 해서 호스트 가족의 많은 친척들을 만나게 되었다. 아주머니의 언니, 아저씨의 누나들 그리고 그들의 자식들 등등. 그들은 이 집에 오래 전에 있었던 교환 학생들을 기억해 내며 오랜만에 새로운 학생을 만나니 반갑고 또 즐겁다고 하셨다. 사실 나도 미국에서 한국인을 만나는 것보다는 미국인들을 만나는 것이 더 좋았다. 사람들을 편하게 해주는 그런 분위기 때문이었다.

한 번은 우연한 기회에 한국인 교회를 가본 적이 있었다. 처음 가던 날은 너무 기대가 되어 약속 시간은 9시였지만 새벽 5시부터 일어나서 씻고 옷 갈아입고 설쳤다. 몇 만리나 떨어진 이 다른 나라에서, 나는 아시안만 보아도 흥분을 한다. 일단은 나와 똑같이 생겼기 때문이다. 그런데 같은 핏줄을 가진 한국인을 만난다고 하니까 심장이 쿵쾅거려서 제대로 걸을 수도 없는 지경이었다. 기대가 크면 실망도 크다고 했던가. 미국에 있는 한국인을 보는 심정이 그리 유쾌

하지만은 않았다. 처음 나를 보는 순간 사람들은 이렇게 물어왔다.

"어, 새로운 애네. 너 어디서 왔니?"

"교환 학생인데요."

"학교는 어딘데? 한국에서는 어디 다녔어? 공부 좀 했나 보네."

거의 이런 식으로 대화가 흘러가다가 결국은 우리 집의 위치, 아버지의 직업을 물어보는 것이었다. 그 곳에 있는 사람들 중 많은 사람들은 물론 서울의 '강남' 출신이었다. 어떤 오빠가 '나는 반포 살았었는데 누나는?' 이라고 하니까 대답하는 사람이 '압구정' 이라

(좌) 호스트 아주머니 쪽의 친척들과 함께.
(우) 호스트 아주머니의 조카들, 남자 친구들과 함께.

고 대꾸한다. 그들의 대화를 듣고 있자니 우리나라가 지연이 강하다는 것이 느껴진다. 그래서일까? '내도' 거기에 있었던 유일한 대구 사람을 보니까 정이 갔던 것은. 아직까지 '학연, 혈연, 지연' 의 끈을 끊지 못하시는 듯 했다. 그런 것을 자꾸 물어오면 꼭 심문을 당하는 것 같아 기분이 껄끄러워진다. 그러자 내 자신이 부끄러워졌다. 미국에 왔으면 더구나 교환 학생으로서 왔으면 당연히 이 나라의 법을 따라야 하는데 '한국인 피' 를 찾아다니려고 이렇게 노력

배짱도 실력이다

을 했다니. 그 날을 계기로 미국 사회에 더 적응하려고 몸부림을 쳤던 것도 사실이다.

여행을 하는 이유는 새로운 것을 보고 듣기 위해서라고 하지만 하나를 더 추가하고 싶다. 새로운 사람들을 만나기 위해서. 나는 호스트 가족들과 여행을 다니면서 많은 사람을 만났다.

내가 살던 덴톤에 있는 사람들은 전형적인 미국인은 아니다. 더 다양한 생각을 가진 미국인이 많다. 덴톤에 있는 사람들은 오래 전에 정착을 해서 할머니 세대부터 살아온 경우가 많았다. 또 아이들은 유치원부터 고등학교를 졸업할 때까지 붙어 다녔으니 서로를 잘 알았다. 그래서 자신들과 다른 생각을 가진 이들을 적대시하는 경향이 있었다. 가끔 숨이 막혀 혼자 심호흡을 하던 일도 떠오른다. 그리고 이렇게 생각했다. 만약에 미국 전역이 이렇다면 나는 차라리 한국에 돌아가서 살겠노라고.

여행을 시작하면서 처음 만난 사람은 건강 문제 때문에 뉴멕시코로 이사를 가려고 하는 아주머니였다. 간호학과를 졸업했지만 역사를 좋아해 다시 공부를 시작하려 할 때는 너무 늦어버렸단다. 아주머니와 미국 남북 전쟁 후 지금까지 서로 다른 정치적 형태를 띤 정당에 대해 이야기를 했다. 처음으로 다른 사람과 진지한 이야기를 해본 것이었다. 덴톤에 있을 때 하던 이야기들의 주제를 요약하자면 이렇다. '밥 먹기, 옷 사기, 남자 친구 문제, 부모님 불평, 학교 불평.' 한번도 인생에 대해 진지하게 토론해본 적이 없던 것 같다.

이런 점은 한국에 있는 친구들이 더 진지하다.

배짱도 실력이다

　한국에 돌아와서 꼭 하는 일이 하나 있다. 기차를 탔을 때 옆자리에 앉은 사람이랑 이야기를 하면서 가는 것이다. 지구본을 보면 정말 엄지 손톱보다도 작은 나라인데도 살아가는 삶이 각자 다르고 삶의 철학이 다르다는 것에 놀라움을 느낀다. 지금까지 이런 생각을 해본 적이 없었다. 그 사람들이 나에게 '새 사람들'이라면 나도 그 사람들에게는 '새 사람'이라는 것을 말이다.

새로운 경험
가사일 분담

남자 : 자기, 배 고프다. 빨리 일어나서 밥 줘.

여자 : 음… (졸린 눈을 비비며) 어.

이것은 친척 집에서 본 광경이다. 여자가 꼭 요리를 해야 하는 이런 모습은 우리 집에만 있는 줄 알았는데 우리나라 사람에게는 일반화된 것 같다. 미국에 있을 때, 우리 아주머니는 대부분 먼저 일어나 우리들에게 아침상을 차려주긴 했지만 아저씨도 먼저 일어나면 아침 준비를 하곤 했다. 아주머니 말이 거의 모든 미국 가정이 맞벌이를 하고 있으니까 가사일을 부부가 나눈다고 했다.

사실 미국에서 가장 힘들었던 것은 공부가 아니었다. 생활 방식이 문제였다. 전의 생활 방식과 완전히 달랐기 때문이었다. 미국에서는 가사 일을 나누어 하는 것이 당연하지만 거의 모든 아시아 출신 아이들은 그렇게 해본 적이 없었다. 그래서 처음에 호스트 가족들이 일을 나누어 하자고 부탁하자 당황스러웠다. 나중에 생각을 한 거지만 내가 처음 미국에 갔을 때 호스트 가족들에게 'what can I do for you(내가 도와줄까)?' 라고 먼저 말을 했다면 훨씬 멋졌을 것이다.

가사 분담 때문에 힘들어 하는 아이들을 보았다. 주로 아시아 국가 출신의 아이들 특히 남자 아이들이었다. 일본 교환 학생이 이렇게 말했다. 미국에 도착해서 셋째 날이 되자 호스트 부모님이 저녁 식사가 끝난 후에 설거지를 해달라고 했다고. 자기는 그 말을 듣는 순간 너무 충격이 커서 아무 말도 못하고 가만히 서 있었다고 했다. 걔는 호스트 집이 지옥 같다고 했다. 잘못해서 접시에 티 하나라도 남아 있으면 호스트 아빠가 다시 씻으라고 시켰다고 했다. 하지만 내 생각엔 건성으로 한 부분이 있지 않았나 싶다.

우리 선생님 아들이 LA 근처에 교환 유학을 갔다. 호스트 어머니는 베이비 시터였다. 미국에는 직업을 가진 여성들이 많으니까 아기들을 다른 집에 맡겨두는 경우가 많다. 그래서 베이비 시팅 제도가 생긴 것이라고 한다. 그러니까 그 집에는 아기들이 굉장히 많았다. 그 집 호스트 아주머니께서는 직접 말을 하지는 않았지만 선생님 아들이 아기 돌보는 것을 도와주었으면 하고 은근히 원했고, 자신은 그것이 너무 힘들고 싫었다고 했다.

교환 유학생 대부분이 미국에 와서 영어 공부를 하고 학교 생활을 즐기기만 하면 되는 줄 알았는데 어째서 이런 것을 해야 하느냐는 생각이 들었다고 한다. 아주머니는 내게도 내 방을 청소하고 가구들을 닦으라고 시켰다. 한국 여성들은 결혼을 하면 가사 일은 자기 몫이라고 생각했기 때문에 적개심 같은 것은 거의 없었다.

유럽 아이들은 유럽에 있었을 때도 그런 일들이 자기 생활의 일부분이었기 때문에 당연하다고 생각하는 듯 했다. 독일 교환 학생 클레멘스는 호스트 아주머니를 위해 요리를 자주 해주었다고 한다. 그러면서 'Cooks for guys(요리는 남자들을 위한 것)!' 란 말을 하며 웃었다고 한다.

한국에 돌아와서 남자 친구들에게 커서 결혼을 하면 집안 일은 누가 해야 하느냐고 물었다. 걔들은 당연히 여자가 해야 한다고 했다. 왜냐하면 자기들은 밖에서 돈을 벌어오고 여자는 집에 있을 것이니까 그래야만 공평하다고 했다. 내가 그렇다면 둘 다 일을 하면 어떻게 할 것이냐고 하니까 대답이 시원찮았다. '뭐 둘이서 나눠 하겠지' 하면서 얼버무렸다.

한 번은 옆 동네 짐벌만 아저씨 댁에 놀러갔다. 아저씨는 우리 아저씨처럼 집 짓는 일을 재미로 하는 학교 선생님이다. 아주머니는 우체국에서 일을 한다. 그래서 부모님이 집에 들어올 때까지 딸 둘과 아들 둘이 집안 일을 돕는 것을 볼 수 있었다. 우리 아저씨는 나를 짐벌만 아저씨 집에 데려다 놓고 나갔는데 짐벌만 아저씨가 밖으로 나가면서 큰 딸에게 한 말이 '손님한 테 음식 좀 대접하거라' 였다.

아저씨와 말타고 교회로 가는 모습.

아이스크림을 먹으면서 보니까 큰 애가 11살이었는데 바닥을 쓸고 있었고 둘째는 9살인데 설거지를 하고 있었다. 셋째는 7살짜리 남자 아이로 가구의 먼지를 닦았고 넷째는 5살짜리 남자 아이로 세탁기에 넣을 옷들을 정리하고 있었다. 흰 색 계통의 옷과 검은 색 계통의 옷을 나누고 뒤집어진 양말은 다시 뒤집는 그런 일들 말이다.

어린 나이부터 일을 나누어서 하는 모습은 한 마디로 놀라웠다. 내가 저 나이일 때 주로 했던 것들은 유치원이나 학교, 학원에 갔다 와서 친구들과 놀거나 텔레비전을 보는 것이었기 때문이다. 큰 언니가 동생이 구구단을 외우는 것을 도와주는 것을 보고 내가 언제 동생에게 저렇게 다정하게 해준 적이 있나 싶어 양심의 가책을 느꼈다. 이렇게 집안 일을 도우면서 커왔으니까 결혼을 하고 나서도 서로를 위해 돕는 것이 낯설지 않은 것이었다.

한 번은 우리 어머니가 굉장히 아파 집안 일을 전혀 할 수가 없었다. 우리 아버지는 왜 이렇게 몸이 약하냐며 화를 내고 소파에 앉아 텔레비전을 보셨다. 그리고 밥 만드는 일은 언제나 나와 동생에게 시키거나, 그렇지 않으면 사먹는 것이 보통이었다.

미국 생활 초기에는 적응이 안된 것이 사실이었지만 나중에는 아주 익숙해졌다. 마당 잡초 뽑기, 식탁에 식기 놓기, 방 쓸고 가구 닦기 같은 모든 일들이 말이다.

나중에는 정말 힘든 일도 해봤다. 우리 아저씨 집 뒤에 44에이커(5만 3천 평 정도)의 땅이 있었는데 그 중 반은 블랙 베리와 두 종류의 포도를 심었다. 처음에는 농사일을 해본다는 마음에 뿌듯하기도 했는데 시간이 지나면 지날수록 너무 힘들었다. 특히 아저씨가 땅을 갈아 경작지로 바꾼 것이어서 돌이 굉장히 많았다. 토요일이나 일요일마다 그 땅에서 돌을 줍는 일이 고역이었다.

지금은 다른 집에서 살고 있다. 식기 세척기가 있어 접시는 기계가 닦아주고 집이 항상 깨끗해서 청소할 필요가 없다. 내가 할 일은 빨래밖에 없다. 입 꼬리가 양쪽으로 슬쩍 올라간다.

'쉽다!'

"아가씨, 낮잠은 잘 주무셨나? 이제 일어나서 점심 드실 시간이신데."

"네?"

어느 날, 나는 교회에서 주최하는 '옛날 옷 입기' 행사에 참석을 했다. 개척자 시절의 여자처럼 옷을 입고 마차와 비슷하게 생긴 왜건을 타고 농장으로 갔다. 그리고 그 곳에서 미사를 보고 있었는데 그만 잠이 들어버린 것이다. 이 신성한 행사에서 잠이 들어 버렸으니 사람들이 나를 보고 어떻게 느꼈을지는 알만하다. 그 후로 나를 이런 행사에 부르지 않은 것은 물론이었다.

내가 어쩌다 이런 곳에 오게 되었는지는 알 수가 없는 일이다. 플로리다부터 북쪽 저 끝까지 이어지는 이 바이블 벨트에 오게 되다니 말이다. 사람들이 왜 'God bless America'라고 하는지를 이해할 수 있는 날들이 계속 되었다.

미국에 가서 얼마 되지 않았을 때 호스트 부모님과 함께 그 분들의 친구들을 만나는 자리에 갔다. 주문한 음식이 나왔고 나는 우리 집에서 그랬듯 포크를 집어 들었다. 우리 호스트 가족들은 캘리포니아에 있었기 때문에 전혀 종교적이지 않았다. 그래서 집에 있을 때는 기도를 전혀 안 하고 살고 있었다. 그런데 호스트 아주머니께서 내 옆구리를 찌르셨다. 식사 전 기도를 해야 한다나. 벌써 음식은 입에 들어가서 입술은 오물거리고 있는데 친구 분 중 하나가 말씀하셨다.

"허허, 아가씨께서 성질이 상당히 급하시군."

남들은 다 아는 '식사 후 기도'를 나만 모르니까 괜히 입을 조금씩 움직이면서 아는 체 했다. 여기서만 이러면 되는 줄 알았는데 친구 집에 가든 친척 집에 가든 기도가 절대로 빠지지 않았다. 우리 집에 있으면 안 해도 된다고 생각했는데 이상하게도 손님들이 나서서 기도하자고 한다. 이렇게 종교적인 생활을 경험하게 되리라고는 상상을 해본 적이 없었다.

"종교가 뭐지요?"

"저 가톨릭인데요."

이 동네에는 가톨릭 교회가 없었다. 가톨릭 신도도 거의 없다. 그래서 내가 카톨릭이라고 하면 신기한지 그 의식이나 정

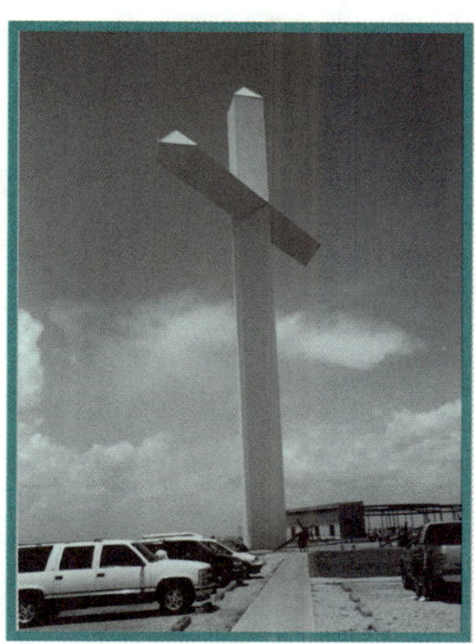

텍사스에 있는 미국에서 가장 큰 십자가.

신 등에 대해 물어보는 사람들이 있어 당혹스럽다. 나, 초등학교 3학년에 세례 받았다. 친구 따라 성당에 갔다가 남들이 다 받으니까 안 하기가 그래서 받은 것이었다. 이런 아이가 무엇을 알고 있겠는가. 그 때 나는 '그런가 보지요' 하는 식으로 얼무버리고 말았다.

어느 날, 우리 학교에 수녀님이 한 분 오신 적이 있었다. 나는 수녀님이 무슨 볼 일이 있어 왔는가 하고 생각했는데 이곳의 아이들은 놀라움 그 자체로 받아들였다. 그 첫 번째 이유가 공립 학교라서 그렇단다. 공립 학교에서는 어떤 종교에 대해서도 이야기를 해서도 안 된다고 했다. 두 번째 이유는 거의 모든 아이들이 수녀님을 한 번도 못 봤기 때문이라고 했다. 그 아이들이 일부러 수녀님 얼굴 보려고 성당에 갈 일은 없으니까 '이런 날이 아니면 언제 보나' 하는 아이들도 많았다. 그 중에서도 장난기가 있는 아이들은 짓궂은 질문까지 한다.

"그런데요, 정말로 처녀 맞아요?"

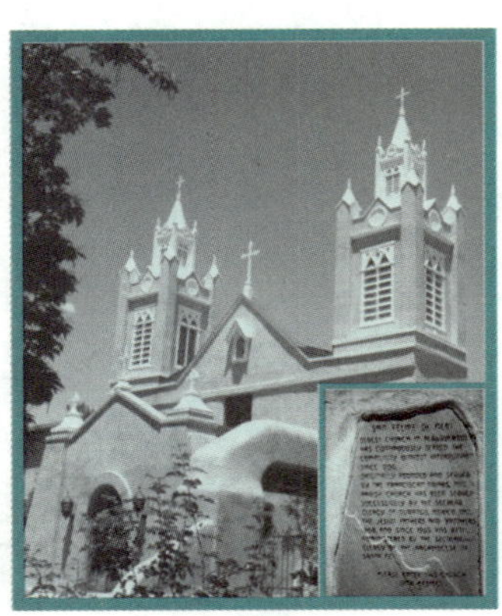

뉴멕시코 알파컬키에 있는 성당과 비석.

언제였던가. 잘 기억은 나지 않지만 미국의 오래된 집이었다. 집 주차장에 갑자기 마차가 한 대 들어서는 것이었다. 마차에서 나오는 사람들의 복장은 매우 우스꽝스러웠다. 긴 수염에 옛날 옷들, 모자, 레이스가 달린 옷을 입은 여자 아

배짱도 실력이다

이 등 마치 영화에서나 볼 수 있을 것 같은 그런 모습이었다. 여기는 미국판 '민속촌'도 아닌데.

아주머니께서는 저 사람들이 아주 강한 믿음을 가진 사람이라며 아마도 아미쉬일 가능성이 높다고 하셨다. 그 사람들은 문명의 어떤 이기도 거부하고 예전 방식대로 살아간다나. 펜실베니아에 가면 큰 아미쉬 마을이 있는데 거기서는 영어도 쓰지 않는단다. 그 대신 선조가 쓰던 독일어를 모국어로 쓴다나. 재미있는 사실은 승용차는 타지 않으면서도 여러 사람이 탈 수 있는 밴이나 버스는 탄다는 것이다. 승용차에도 여러 명이 타면 될 것인데 솔직히 잘 이해가 안 간다.

우리 뒷집에 사시던 아주머니는 아미쉬와 생활 태도가 비슷한 종교를 가진 분이었다. 고기를 먹지 않기 때문에 아주 마르셨다. 그 딸도 이런 분위기에서 자라났으니 당연히 종교적이다. 아주머니는 언제나 긴 치마를 입으신다. 아이들은 물론 학교를 가본 적도 없었다. 아이들이 잘못될까 봐 두려워서 그런 것이라고 했다. 종교 때문에 아이들이 다른 이들과 어울려 살아가는 법을 배울 수 없을 것 같아 가슴이 아프다.

내가 가톨릭이기는 하지만 어떤 때는 가톨릭을 보기가 안타까울 때가 있다. 신자는 많은데 정작 백인들은 줄어가는 것 같은 느낌이 들었다. 요즘 인구 폭발을 걱정을 하고 있는데 가톨릭 신도들은 산아 제한을 하지 않아 나쁜 시각이 있었던 터에 얼마 전에 신부님의 성추행 사건 때문에 가톨릭에 대한 시각이 굉장히 부정적으로 변해

버렸다.

수요일에 학교에서 우수상 시상식이 있었는데 사람들이 많이 오지 않았다. 그날은 수요일 저녁이었기 때문이다. 이 사람들은 수요일 저녁과 일요일 아침 그리고 일요일 저녁 이렇게 일주일에 3번 교회에 간다.

아이들은 수요일에 교회에 모여서 놀거나 성경 공부를 한다. 아주머니는 이렇게 말씀을 하신다. 이 아이들이 종교적인 이유는 종교와 함께 자라나기 때문이라고.

'하느님 사랑' 이 나를 역겹게 만들었던 기억이 하나 있다. 트레비스란 친구를 따라 감리교 교회에 간 적이 있다. 그 때가 9월 11일의 테러로부터 3개월이 지난 후쯤이었는데 아직도 미국인들은 이슬람교 그 자체에 대해 끔찍하게 생각을 하고 있는 것이었다. 목사님은 세계에 있는 여러 가지 종교를 민족과 특색을 곁들여 말씀해 주셨다.

그런데 느낌이 이상했다. 그 내용이 점점 '크리스천이 최고' 라는 쪽으로 빠져 들어가 버렸으니. 미국에 건너와서 이 나라를 세운 사람들은 크리스천이다.

따라서 미국에서 말하는 신이란 크리스천의 신일 것이라는 것은 쉽게 짐작이 간다. 나는 그래서 언제나 생각한다.

'이슬람교의 신도 신이고 힌두교의 신도 신이며 불교의 부처님도 신이니 신들은 누구를 도와야 할지 굉장히 머리가 아프시겠군.'

이번에 월드컵을 계기로 한국인들은 다시 '하나' 가 되었다. 나는

배짱도 실력이다

한국인들이 하나가 될 수 있는 주요한 원인은 '단일 민족과 유구한 역사에 대한 자부심' 때문이라고 생각한다. 미국인들은 단연 '신'을 중심으로 뭉친다는 생각이 든다. 크리스천 문화가 미국 문화에서 얼마나 중요한 비중을 차지하고 있는지를 짐작할 수 있는 듯하다.

사회를 위해서 무엇을 했을까

사회 봉사

"네가 미국으로 보낸 종이를 본 순간 이런 일을 사랑할 것이라고 생각했단다."

그 지원서라는 종이가 때로는 이렇게 고문 종이가 될 수도 있다는 것을 한국에 있을 때는 전혀 생각해 보지 못했다. 지금 후회한들 어찌하리. 억지로 해야만 했던 나만 기분이 안 좋다. 지원서에 취미 생활란이 있는데 거기다가 봉사 활동이라고 적어 놓았다. 사실 친구들과 경찰서 청소, 우편물 정리 같은 것을 돕기는 했지만 그 것은 자발적이 아니라 억지로 시켜서 한 것에 가까웠다.

"오늘 너 학교 안 가지?"
"네, 그런데요?"
"오늘 점심 식사 배달하는 것 좀 같이 가자꾸나."

아주머니께서는 사회 봉사 센터에 회원이시단다. 그 곳에서는
사람들에게 점심 식사를 배달할 자원 봉사 요원을 모집한단다. 그
래서 토요일과 일요일을 제외한 주 5일 5명이 한 팀이 되어서 하루
에 한 번씩 식사를 배달한단다. 미국인들의 아침 식사는 시리얼이
나 토스트 등으로 간단하니까 사람들이 직접 해 먹을 수 있고 저녁
에는 가족들 중 한 명이 와서 돌볼 수 있다. 그래서 점심을 해결하
는 것이 중요하다는 생각에서 시작되었단다. 그런데 이것을 신청
한 사람들 중에 가난한 사람들이 많으므로 정부에서 무료나 아주
싼 가격으로 공급한다고 하셨다.

"안녕하세요, 케빈. 얼굴이 더 나아지신 것 같으시네요."
"안녕하세요, 글로리아. 정원이 더 멋있어졌어요."

점심 식사를 따뜻할 때 배달을 해야 하
므로 최대한 빠른 시간 안에 정해진 사람
들 집에 가야만 했다. 이 날은 15명의 집
을 2시간 동안 돌았다. 어제 배달이 된 점
심을 먹지 않아 부엌에 그대로 있는 경우
도 있었고 집이 무너지려고 하는 경우도
있었으며, 더러워서 냄새가 나는 경우도
있었다. 구역질이 나서 얼굴이 저절로 일
그러졌다. 그것을 숨기려고 입은 웃고 있
는데 눈에는 긴장감이 감돈다. 아주머니

호스트 아줌마와 함께 봉사 활동 클럽 미팅에서.

더 이상 소녀가 아니다

께서는 어떻게 저렇게 아무렇지도 않은 표정으로 뭔가를 할 수 있으실까.

아주머니께서 언제 다시 한 번 하고 싶으냐고 물어오셨을 때 차마 가기 싫다고 대답을 할 수가 없어서 고개를 푹 숙였다.

아주머니께서 어떤 활동을 하시든 그것이 내게 직접적으로 불편을 주는 것은 아니었지만 나는 정말 괴로운 일을 겪었다. 헤더 때문이었다.

"하이림, 헤더는 내가 정신적으로 입양한 딸이란다. 친하게 지내라."

어느 날 아주머니가 헤더를 소개했다. 그리고 LA로 여행을 갈 때 헤더와 같이 가게 되었다. 아줌마가 각각 다른 봉사활동으로 만난 두 아이가 같이 여행을 가게 된 것이다. 나는 교환 학생 봉사활동 제도를 통해서 만난 것이고 개는 포스터 캐어 제도를 통해서 만나신 것이란다.

미국에서는 부모님이 아이를 기르기가 불가능하다고 판단하면 아이를 자원 봉사를 신청한 집으로 보내 그 집에서 살도록 한단다. 이것을 포스트 캐어 제도라고 한다는 것이다.

헤더는 4년 전에 이 집에서 살았다고 했다. 이 아이의 어머니께서 그 당시 크랙(값싸게 만들어진 코카인의 일종)에 중독이 심했고 직업이 없었기 때문에 경제적으로 어려웠다고 했다. 그래서 헤더가 직접 사회 봉사 센터에 포스터 캐어 신청을 했다는 것이다. 개가 지금 14살이니까 그 당시는 10살에 불과했다.

배짱도 실력이다

어린 나이에 그런 일을 당하는 아이들은 정신적으로 굉장히 문제가 많단다. 그 아이도 집을 두 번이나 바꿔 우리 집이 세 번째라고 했다. 이렇게 집에 오면 아이가 18세가 되기 전까지 그 집에서 살 수 있는 권리가 있단다. 그러나 8개월이 지난 후 헤더의 어머니가 기적적으로 마약을 끊었고 직업을 다시 가져 아이를 돌려 받을 수 있다고 했다.

처음 그 아이를 만난 일주일 동안 나는 굉장한 고통을 받았다. 걔는 이번 여행을 갈 생각이 별로 없었는데 걔 어머니께서 억지로 떠넘긴 것이었다. 아이가 돈타령을 어찌나 많이 하는지 내가 돈을 많이 쓰는 편도 아닌데 괜히 뭘 사기가 망설여졌다. 아주머니께서는 이해를 하시고 감싸는 분위기이셨는데 나는 걔한테 문제가 있다고 생각해 통제하려고만 했다. 그래서 결국은 걔와 크게 싸웠다. 아주머니께서는 LA에서 나를 한국으로 돌려 보내려고까지 하셨다. 아마도 내게는 배려하는 마음이 부족한가 보다.

미국인들은 일년에 1인당 42만원 정도를 자선 기금으로 쓴다고 하는데 우리나라 사람들은 5천 2백 원을 쓴다는 기사를 본 기억이 난다. 나는 이때까지 얼마나 냈나 되돌아본다. 학교에서 돈을 내라고 하면 한 번에 천 원을 낸 적이 있지만 이것조차도 억지로 내는 것이었고 부모님의 돈이었다. 고아원이나 양로원에 가는 일은 친구들이 힘들다고 하니까 한 번 해보려고 시도조차 해본 적이 없었다. 말로는 언제나 다른 이들을 돕겠다고 했지만 그것을 실천할 수 있는 기회가 오면 언제나 피하기만 했다. 아직도 헤더에게 친절하게 대해주지 못한 것에 죄책감이 느껴질 때가 있다.

오늘부터라도 백원 씩 저금통에 넣어야 할 것 같다. 이렇게 조그마한 것에서 시작을 하면 끝에는 큰 힘이 되겠지 하는 마음에서 말이다. 모든 구성원들이 조금씩 도우면 사회는 더 건강하게 움직일 것이니까.

배짱도 실력이다

숨길 수 없는 식욕

얼마 전 산타 바바라에서 한국 식당을 찾아냈다. 주인 아저씨는 내가 한국 음식을 먹어본 지 오래 되었다는 것을 알고 밥을 듬뿍 퍼 주었고 된장국도 두 그릇이나 주었다. 아무리 미국인처럼 생각하고 살아가려고 노력하고 있다 해도 식성까지 바꿀 수는 없었다. 행복한 미소를 지으며 그 많은 밥을 다 먹어치웠더니 같이 온 친구가 놀라버렸다.

미국인 중에서도 자기들이 먹는 음식이 몸에 좋지 않다는 것을 아는 사람들이 적지 않단다. 그래서 친구 중에도 일본의 스시나 중국 음식을 좋아하는 이들이 많았고, 채식주의

먹는 순간의 가장 행복한 모습.

자도 있었다.

다른 아시아 음식 식당들은 작은 도시에서도 볼 수 있는데 한국 식당은 찾기가 어렵다는 사실이 안타까웠다. 이렇게 맛있는 음식을 미국인들에게 소개할 기회가 없다니.

미국에서 한국이 그립고 돌아가고 싶을 때가 언제냐고 묻는다면 그 중 하나로 단연 배가 고플 때를 꼽겠다. 굶어서 배가 고픈 것이 아니라 음식이 맞지 않아서 그런 것인데, 너무나 괴롭다. 한국에 있을 때 미국에 있는 친구에게 전화를 한 적이 있었다. 아침으로 초밥을 먹었다니까 놀라면서 어떻게 그런 것을 아침으로 먹을 수 있냐는 눈치였다. 거기서는 주로 우유에 시리얼을 넣어 먹거나 팬케이크와 시럽, 토스트, 스크램블 에그(달걀을 막 휘저어서 익혀 놓은 것), 삶은 달걀, 오트밀, 크림 오브 위트, 베이글, 비스킷, 컵 케이크, 소시지 그리고 베이컨 등을 먹었다.

처음 한 달 동안에 살이 8kg이나 빠졌다. 내가 살을 빼려고 한 것도, 음식 양이 적어서 그런 것도 아니었다. 몸에 좋지 않은 음식은 피하겠다는 의지로 적게 먹었더니 이런 결과가 나온 것이다. 살이 갑자기 빠지니까 머리가 어지러웠다. '그래도 살아야지' 하는 마음으로 미국 음식에 적응하기 위해 피나는 노력을 했다. 그 음식들이 싫다면 먹는 방법을 바꾸어 내 입에 맞게 하면 괜찮아질 것이라고 생각했다.

첫 번째 노력은 우리나라와 180도 다른 아침 먹기에서부터 시작

배짱도 실력이다

이 되었다. 팬케이크는 밀가루를 물에 반죽한 뒤 프라이팬에 빈대떡처럼 동그랗게 구운 것이다. 보통 3장 정도를 얹은 뒤 그 위에 시럽을 뿌려 먹었다. 시럽은 어떤 종류든 모두 달았다. 호스트 아주머니는 설탕을 특히 좋아했기 때문에 갈색 설탕을 냄비에 넣고 끓여서 녹여 만든 시럽을 먹었다. 시럽은 팬케이크 곳곳에 스며들고도 남아 접시 바닥에 흥건히 고여 있을 정도로 많이 뿌린다. 우리 집은 팬케이크를 작게 만들어 가로 세로로 한 번씩 칼질을 하면 한 입에 먹기에 알맞았다. 처음에는 단 음식이 익숙하지 않았기 때문에 시럽을 뿌리지 않고 먹으려고 대단한 노력을 했다. 그러나 시럽이 없으면 팬케이크가 잘 잘라지지 않아 불편했고 맛도 퍽퍽한 식빵을 잼 없이 먹는 것 같아 힘들었다. 그래서 시럽을 팬케이크 위에 아주 조금만 바르고, 함께 먹는 계란의 노른자에 소금을 뿌린 후, 작게 자른 팬케이크를 노른자에 찍어 먹었다.

어느 날 아주머니께서 계란을 노른자까지 익힌 적이 있었다. 그래서 팬케이크 한 조각 먹고 주스 마시고 이런 짓을 몇 번이나 반복한 끝에 다 먹기는 했지만 눈에는 눈물이 다 고였다. 또 다른 어떤 날에는 1갤런 짜리 시럽이 거의 바닥이 난 적이 있었다. 내가 먹으면 한 병이 끝나겠다 싶었다. 그런데 내가 시럽을 워낙 조금 먹으니까 아직도 바닥에 남아 있었다. 아주머니는 약간 놀랐다. 애가 이만큼도 뿌리지 않고 저걸 어떻게 먹었을까 하고 생각을 하셨겠지.

아주머니는 아시아 문화가 미국 문화와 많이 다르다는 것을 이해하는 분이었다. 그래서 내게 맞는 음식을 만들어주려고 노력하곤 했는데 그것이 나에게는 오히려 화가 되었던 경우도 있었다. 아직도 잊을 수 없는 아주머니의 '아침 밥'. 아직도 이 생각만 하면 한국에서 먹는 밥 한 그릇에도 저절로 감사를 하게 된다.

전 날 저녁 아주머니가 나를 위해서 밥을 해주었는데 그것이 조금 남았었다. 그런데 아침에 그 밥을 죽처럼 만들어 준다. 미국식으로 조리하다 보니 우유와 버터가 들어간 죽이었다. 그릇에 담겨 있을 때는 크림 오브 위트 같은 것인 줄 알았는데 한 입을 먹으니까 목구멍으로 넘어가지 않았다. 도저히 먹을 수 없는 이상한 맛. 그래서 설탕을 넣었는데 맛이 더 이상해져 버렸다. 스푼으로 한 입 떠 넣고 주스를 마시면서 함께 삼키는 식으로 겨우 먹었다. 이런 조그만 일 때문에 이렇게 고통을 받다니. 정말 앞이 캄캄했다. 그래서였을까? 이날 정말로 한국이 그리웠다.

한국에서는 아침, 점심, 저녁 세 끼 모두 밥과 반찬을 먹으니 별 구분이 없고 남은 반찬을 먹어도 전혀 이상하지 않다. 미국인들은 끼니 별로 메뉴가 다르다. 이것을 정말 고지식하게 지킨다. 아침에는 꼭 아침 음식으로 정해진 종류의 음식들만 먹고 점심 음식이나 저녁 음식을 먹는 법이 절대로 없었다. 한 번은 저녁 시간에 아주머니께 베이컨이 먹고 싶다고 했더니 그건 아침 음식이라며 주지 않았다. 아침으로 간단한 음식을 먹는 문화가 발달한 것 같은데 든든한 음식이 아니어서 먹으나 안 먹으나 배가 고픈 것은 마찬가지였다.

점심은 거의 학교에서 먹었다. 학교 식기판을 보니 신기했다. 우리나라 식기판은 밥과 국을 담는 부분이 깊숙하게 파여 있다. 그런데 미국 것은 밥 담는 부분은 안으로 파여 있지만 국 담는 부분은 그렇지가 않았다. 생각해보니 국을 먹는 음식 문화가 아니기 때문인 것 같다.

"핫도그 주세요."

"그건 없는데."

급식 담당 아주머니는 어리둥절한 눈으로 나를 쳐다본다. 하루는 학교에서 배식을 받는데 핫도그가 보였다. 그래서 그것을 달라고 한 것인데 못 알아들은 것이다. 핫도그를 여기서는 콘도그라고 부른다나. 여기서 말하는 핫도그는 길쭉하게 생긴 빵을 옆으로 반을 갈라 소시지를 넣고 원한다면 칠리 소스, 머스터드 등을 넣어 손으로 쥐고 먹는 것이었다. 영화 '당신이 잠든 사이에'에서 산드라 블록이 거리에서 흑인 보스와 이야기하면서 사 먹는 바로 그것이었다.

처음에는 음식들이 너무 느끼해서 먹을 수가 없었다. 그래서 찾아낸, 먹을 만한 음식이 샐러드였다. 그 당시에는 드레싱을 쳐 먹기가 힘들어 대신 케첩을 뿌려 먹었다. 케첩이 느끼한 맛이나 단 맛을 없애준다는 것을 알아낸 나는 그 후 모든 음식에 케첩을 뿌려 먹었다. 그런데 우리 학교에서는 작게 포장된 케첩을 한 식기판 당 2개밖에 주지 않았다. 더 먹으려면 별도로 돈을 내야 했다. 그래서 친구들이 자기 케첩을 주기도 했고 식당의 케첩을 훔쳐와 나에게 주기도 했다. 친구들은 어떻게 모든 음식에 케첩을 넣어 먹을 수 있는지 신기해 했다.

학교 음식은 영양가가 부족하다. 그래서 학교 음식에 불만 있는 아이들이 많다. 가장 싼 점심이 1.65달러였는데 엑스트라로 케첩 한 봉지를 더 달라거나 하면 값이 계속 올라간다. 불만이 더 있었다. 점심을 사면 우유는 공짜로 딸려 나왔는데 우유 대신 차를 주문해도 차 값은 그대로 받는다는 것에 놀랐다. 물을 마시기 위해 컵을 사도 20센트였다. 일회용 컵 하나가 우리나라 돈으로 3백 원 정도이니 비싸다는 생각이 들어 계속 우유를 마시기로 했다.

나는 학교 음식에 기름기가 많은 것 이외에는 나름대로 만족하고 있었는데 많은 애들이 학교 음식을 굉장히 싫어했다. 어떤 학교는 점심 시간에 밖에 나가서 사 먹는 것을 허용한다고 하는데 우리 학교는 그게 안 된다. 어느 날 결국 사건이 터졌다.

"선생님들은 점심 시간에 밖에 나가서 먹고 싶은 것을 사 가지고 들어오면서 우리는 왜 안 된다는 거죠?"

우리 학교의 반항아 제시가 점심 시간 도중 카페테리아 한 복판에서 외쳤다. 그 말이 나오자마자 아이들의 박수와 고함소리가 울려 퍼졌다. 마치 그 애가 영웅이 된 것 같은 느낌이 들었다. 그러나 그건 잠시 동안이었다. 제시는 결국 ISS 센터로 가야 했다. 아마 반성문 쓰고 사과를 해야 하겠지.

저녁은 가장 신경을 써서 챙겨먹었다. 아주머니는 보통 5시쯤에 저녁 식사를 준비하기 시작한다. 미국 음식의 가장 큰 특징은 시간

배짱도 실력이다

과 노력을 조금만 들여도 푸짐하게 나온다는 것이다.

어느 날 아주머니가 나를 위해 밥을 해주었다. 쌀의 포장 안에 밥 짓는 조리법 쪽지가 있었는데, 우리 식과 전혀 달랐다. 쌀을 씻은 다음 물에 불리는 과정이 없었다. 물은 어림짐작으로 부었고 소금을 같이 넣고 냄비에 넣고 끓였다. 뜸 들이는 과정도 없었으므로 물이 졸아들자마자 그것을 식탁에 내놓으셨다. 마치 돌을 씹는 듯한 느낌이었다. 먹기 싫다는 말은 할 수가 없어 조금만 먹으려고 했다.

"아마도 하이림이 당신이 만든 밥을 별로 좋아하지 않나 봐."

남편의 말에 아주머니는 처량한 눈으로 나를 쳐다본다. 이를 어쩌나. 우리나라 국자만한 숟가락으로 밥을 두 번이나 더 퍼서 먹어야 했다. 만약 남긴다면 아침 밥이 될 테니까 다 먹어야 한다는 생각이 들자 저절로 넘어갔다. 그 후 더 큰 사건이 벌어졌다.

큰 도시에서 한국 식품 가게를 찾아내 한국 식품을 살 기회가 생겼다. 라면을 한 박스 샀던 것이 문제였다. 한국에서 라면이란 한 봉지 정도 끓여 출출할 때 요깃거리나 간식거리로 먹는 음식이었는데 아주머니는 그것을 '진짜 저녁'으로 만들려고 했다. 라면에 닭고기와 버섯, 당근까지 넣었다. 달걀 넣고 끓인 적은 있지만 이건 아주 뜻밖의 새로운 '아주머니만의 라면'이었다. 그런데 다음날 더 놀라운 음식을 먹어야 했다.

라면 국물이 남으면 그냥 버려야 하지 않는가. 아주머니는 그것을 작은 병에 부었다. 그리고 다음 날 통조림 옥수수를 그 국물에 넣어 볶았다. 라면 국물에 옥수수가 들어있고 그 사이에 분 라면이 몇 가닥 섞여 있었다. 언젠가 이 요리를 그만 두시겠지 싶었는데 이런 일이 계속 생기니까 대책이 필요했다. 라면 국물을 내 그릇에 담아 일부러 다 먹어버리거나, 그게 힘들면 몰래 버리기까지 했다. 버린 거에 대해서는 지금도 아주머니께 죄송하게 생각하고 있다.

저녁을 먹고 나면 반드시 후식이 나왔다. 아이스크림이 나오는 수도 있고 브라우니, 쿠키, 칩 등 여러 가지 과자 종류를 먹는 경우도 있었다. 브라우니는 코코아 가루에 설탕을 넣고 오븐에 구운 것인데 아주머니는 나쁜 버릇이 있었다. 설탕 듬뿍 넣기. 내 친구들 중 몇 명은 아주머니가 만든 음식을 먹지 않겠다고 거부하기도 했다. 한 판 구울 때 우리나라 5백cc 우유팩만한 통으로 한 통 반이나 설탕을 넣어 만든 브라우니를 먹었다고 했더니 사람들이 모두 놀랐다. 에고. 그래도 먹어야 살지 않는가.

"마치 아이 둘 낳은 아주머니 같구나."

어릴 때부터 날씬 이미지를 유지하고 살아온 나였다. 한국에 돌아오자마자 사람들이 나에게 이렇게 막말을 하는 것을 듣고 충격을 받지 않을 수가 없었다. 아무리 노력을 해도 살이 찌는 것을 막을 수가 없었다. 예전에 유학 설명회에 왔던 아이는 미국에서는 하루에 두 끼만 먹어도 살이 쪘다고 했다. 우리와 같이 밥을 주식으로 하는 일본 아이들도 마찬가지였다. 갑자기 밀가루가 주식이 되고 음식에 기름기가 많아지니까 얼굴에 이상한 것까지 생긴단다. 매

배짱도 실력이다

일 체중계로 몸무게를 달아보면 살이 찌는 것이 '보인다.' 그래도 사람들이 말하기를, 미국에서 음식 때문에 살이 찌는 것은 정상적인 일이니까 너무 걱정할 필요는 없단다. 오히려 살이 빠지면 적응을 못 한다는 표시이므로 걱정을 해야 한단다. 한국에 와서 운동을 하고 음식 조절을 했더니 살이 조금 빠졌다. 살 걱정을 하는 것보다는 미국 생활을 즐기는 것이 더 중요하다고 생각한다.

미국에서의 '삼국지'

미국 버전

'아니 아니, 쟤가 도대체 뭘 보면서 웃는 거야.'

비숍 학교 12학년에 일본에서 온 유학생이 하나 있다. 걔랑 나는 같은 해부학 교실에 있었고 더군다나 바로 앞에 앉아 있는데, 이상하게 나를 보면 웃는다. 교실에 있든 복도에서 걷고 있든. 걔가 웃고 있을 때 나는 항상 어떤 실수를 저질러서 어쩔 줄 몰라 하고 있기 때문에 더 거부감이 생긴다. 미국 아이들이 웃어주면 내가 교환학생이니까 친절하게 보이려고 웃어준다고 생각하고 그냥 넘어갈 일인데도 걔가 일본 아이라 그런가? 내가 실수하는 것을 비웃는 것 같아 괜히 짜증이 난다.

사실 내가 '한국인'이라는 것을 가장 절실하게 느낄 때가 일본인을 만날 때이다. 일본인을 보면 이상하게 가슴 속 깊은 곳에서 시작되는 민족적인 분노와 미움이 머리끝까지 올라온다. 겉으로는 미

배짱도 실력이다

소를 지으면서도 속은 부글부글 끓는다. 처음부터 그런 것은 아니었다. 일본 교환 학생과 가까이 지내다가 걔한테 한 번 이용 당하고 나서 생긴 버릇이다. 미국 아이한테 당했으면 덜 했을 것을 일본 아이에게 당했다는 사실에 더 격분했었다.

작년 9월 말이었다. 교환 학생들은 그 주 지역 상담자의 주선으로 정기적으로 만남을 가진다. 그 때 유럽과 남미 출신의 교환 학생 그리고 일본 아이 둘과 중국 여자 아이 하나를 만났다. 서로 처음 보는 사이라고 하지만 생긴 것이 비슷하고 같은 문화를 공유하고 있었으며 거리가 가까운 한중일 삼국의 아이들은 자연히 서로에게 이끌렸다. 그 당시에 나는 상당히 개방적인 마음을 가지고 있었다. 우리의 과거를 잊지는 말되 그것 때문에 개개인에게 차별을 하지 말자고 말이다. 그래서 우리는 전화나 인터넷으로 연락을 하면서 가까워졌다.

처음 미국에 갔을 때 영어를 너무 못 하니까 미국인들에게 말을 걸기가 왠지 겁이 났지만 나와 같은 외국인 앞에 서면 자신감이 생긴다. 나도 못하고 너도 못하니까 왠지 마음이 편하고 부담감이 사라진다고 해야 하나.

스테파니는 중국 교환 학생인데 처음에 호스트 집을 구하지 못해 노스 캐롤라이나에 잠시 머물었을 뿐 한달 후에 앨라배마로 옮겨갔다. 그러나 두 명의 일본 아이, 코헤이와 탐은 우리 집에서 가까운 곳에 살았기 때문에 계속 연락을 하면서 지냈다. 두 아이가 사는 집이 상황이 좋지 않았기 때문에 아주머니께서 측은하게 생각하셨던 것 같다. 놀러갈 때 그 둘을 데리고 가려고 굉장히 노력하셨다.

하루는 차 안에서 세계 2차대전 이야기가 나오게 되었다. 중국 아이 스테파니와 일본 아이 코헤이와 탐이 함께 한 자리였다. 그러다가 자연스럽게 한국이 일본의 식민지였다는 이야기가 나오게 되었다. 일본 총리가 야스쿠니 신사를 방문한 해이고 일본인들이 독도를 자기 땅이라고 우기니까 나는 그것에 대해 일본 두 아이의 의견을 들어보고 싶어졌다.

"나도 솔직히 너한테 물어보고 싶었는데, 이미 다 지난 일을 가지고 너희들은 왜 자꾸 우리를 괴롭히는 거니? 만약 50년 전에 우리 아버지나 할아버지께서 너희 아버지나 할아버지를 죽이고 가진 돈 다 빼앗았다고 치자. 그건 우리 세대 일이 아니라 하더라도 너 같으면 나를 좋아할 수 있겠니?"

그 말을 할 때 순간적으로 분노를 느꼈다. 그 느낌이 얼마나 강했으면 옆에 있는 아주머니께서도 놀란 토끼눈을 하셨다고 한다. 중국 아이 스테파니는 남의 일 같지 않은 듯 나보다 더 화를 냈다.

"그 놈들이 중국에서 저지른 온갖 만행에 대한 반성이 있겠냐."

그러면서 스테파니는 지금 중국은 커가고 있으니까 시간이 지나면 일본인들이 싹싹 빌 날이 있을 것이란다. 나는 스테파니에게 말로 표현할 수 없는 끈끈한 정을 느꼈다. 비슷한 감정을 지녔다는 것이 이렇게 사람의 마음을 하나로 이어줄 수 있을 것이라고는 상상

배짱도 실력이다

하지 못했다. 걔가 끝에 이런 말을 덧붙인다. 미국서 열심히 공부해서 고국에 도움이 되자.

크리스마스 무렵, 탐은 호스트 집에서 쫓겨나 버렸다. 호스트 아주머니께서는 탐이 먼저 나가겠다고 떼를 썼다고 하지만 무엇이 진실이고 무엇이 거짓인지는 알 길이 없다.

탐은 일본에서 전교 1등만 하던 아이였단다. 중학교 때 이지메를 당한 적이 있는데 가장 친한 친구마저도 합류를 해버렸단다. 그 때부터 자기가 말하고 행동하는 모든 것은 자기가 생각하는 것과 다르단다.

탐은 미국 친구들에게 미국이 살기 좋은 곳이라고 말을 하곤 했는데 그것은 미국인들의 기분을 좋게 해주기 위한 것일 뿐 속으로는 언제나 일본이 최고라고 생각한단다. 나도 탐처럼 미국이 못마땅하다. 미군 범죄 때문에 반미 감정이 강했는데 테러 사건 이후 자기들이 최고이며 다른 나라들을 전부 적국처럼 몰고 가니까 이 감정이 더 강해진다. 그러나 나는 그 감정을 솔직히 표현한다. 그 점이 나와 그 아이의 가장 큰 차이점이었다. 그것을 밖으로 표현하는 이와 속으로만 앙심을 품는 이.

탐은 우리 아주머니의 도움으로 우리 집 근처에 오게 되었다. 그리고 학교마저도 같이 다니게 되었다. 거기다가 미국사 시간에는 같은 반에 있게 되었다. 그런데 아이러니컬하게도 밖에서는 그렇게 친했는데 정작 학교에 와서는 한 번도 말을 한 적이 없다. 탐은 학교에서 미국 아이들과 잘 어울려 지냈다.

"우리는 미국에 있으니까 미국 친구들과 친하게 지내야 하는 것이 당연하지 않니?"

같이 해변가에 갔을 때 했던 말이었다. 자신의 상황이 좋아지고 나서 이렇게 말을 하니까 마치 내가 '그 아이의 행복을 위한 도구'에 불과했다는 생각이 든다. 그래서였을까. 걔를 누르려고 공부를 더 열심히 했다. 그 아이가 온 이후로 미국 생활에 더 적극적이 되었고 공부도 더 열심히 했다.

그 아이가 사회 과목에 약하고 또한 미국사에는 관심 자체가 없었기 때문에 성적이 아주 안 좋았다. 근대사 부분에 와서 세계 2차 대전을 배울 때였다. 선생님께서 진주만 전쟁과 히로시마 원폭 투하에 대해서 어떻게 생각하느냐고 걔한테 물으셨다.

"히로시마 원폭 피해를 입은 사람들은 미국인들을 싫어하기는 하지만 별 감정 없어요."

거기다가 한술 더 떠서 경제 원조로 나라 경제가 많이 성장했다며 미국에 감사 표현까지 한다. 옆에 앉아 있는 나는 정말 기가 막힐 노릇이다. 저 겉 다르고 속 다른 이를 어떻게 이해할 수 있으랴.

중국 삼국지에 도원결의가 있었다면 미국판 삼국지에는 신대륙 결의가 있다. 나는 미국이 우리를 북한의 위협에서 구해준다는 말투에, 스테파니는 중국이 언젠가는 소련처럼 망해서 결국은 미국의 아래로 들어올 것이라는 건방진 말투에 언제나 상처를 받는다.

 배짱도 실력이다

그럴 때마다 나는 한국에서 미국이 저지르는 만행에 대해서 말을 했다. 그러다가 스테파니의 충고를 들었다.

"지금의 현실을 인정해야 하지 않겠니. 그들이 무슨 말을 하든지 칭찬을 해주렴. 속으로만 그 일을 욕하고 나라를 위해서 더 커가야 하는 거야."

산타 바바라에서 중국인인 단짝 친구 시시와 함께.

결국 탐처럼 그렇게 살라는 것이다. 이 말을 받아들였다. 그 후로 이런 일이 있으면 그냥 웃어준다. 그러나 마음은 더 단단하게 굳어 간다.

'두고 보자!'

백사장의 모래처럼

미국의 해변 풍경

산타 바바라. 노스 캐롤라이나에 있는 친구들에게 전화를 하면 어느 지역을 더 좋아하느냐고 물어온다. 그 곳이 그립다고 말은 하지만 사실 나는 이 곳이 훨씬 좋다. 여러 가지 이유가 있긴 하지만 바다 바로 옆에 있기 때문이다. 나는 바다가 좋다. 커서도 가능하면 바다 근처에서 살고 싶다. 바다는 쭉 이어져 있어 내가 원하는 곳은 어디든지 갈 수 있을 것만 같다.

"이번 부활절에 교환 학생들이 모두 모여 먼틀 비치에 가자."

우리 지역 책임자의 제안이었다. 원래는 한 달에 한 번씩 만나도록 되어 있는 교환 학생들이 각자의 생활이 바빠 오랫동안 얼굴을 보지 못했다. 부활절 주말에 일주일 동안 봄방학을 주니까 할 일없이 집 안에 앉아 있기에는 너무나 심심하다. 또한 미국 고등학생들, 특히 12학년들은 부활절 휴가와 여름 방학을 해변가에 가서 시간을 보낸다고 했다. 지금 이런 것을 해보지 않으면 언제 해볼 수 있을까 싶었다. 원한다면 친구도 데리고 올 수 있다고 하기에 신디도 나를 따라 왔다.

우스운 이야기이지만 나는 태어나서 한 번도 백사장에 가본 적이 없었다. 가보았던 해변가에는 자갈만 가득했다. 그래서 강릉 경포대 백사장에 가는 것이 고등학교 졸업하고 나서 꼭 해보고 싶은 일 중의 하나였는데 생각보다 그 일을 빨리 이루게 되었다. 이 해변가는 다운타운으로 바로 이어져 있었다. 다운타운에서 내륙으로 더 들어간 쪽으로 모텔들이 즐비했다. 수학 여행으로 한 번 가본 적이 있었던 정동진처럼. 바닷가와 가까운 모텔을 숙소로 잡았기 때문에 마음만 먹으면 언제든지 바다 근처로 나갈 수가 있었다. 이 얼마나 좋은 일인가.

사실 이 바닷가는 내 눈물도 함께 담고 있다. 9월 말에 교환 학생 몇 명과 한 번 온 적이 있었다. 우리는 서로를 잘 모르는 상태에서 만난 데다가 아이들이 홀수라 자연히 혼자 남는 아이가 생겼는데 바로 나였던 것이다. 거기다가 걔들은 전부 유럽에서 왔으니 공통된 화젯거리가 있었는데 나는 거기에 낄 공간이 없다.

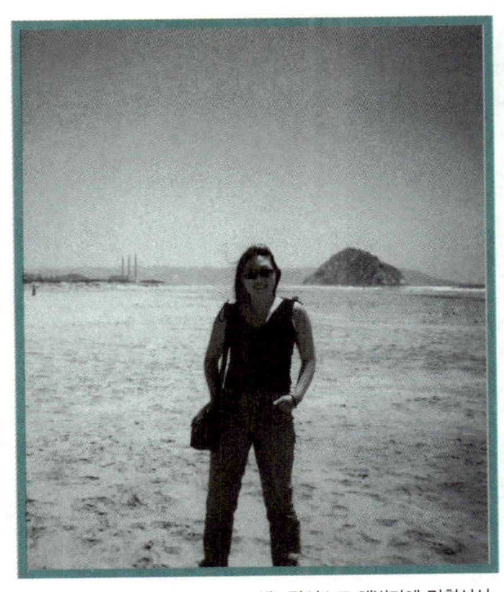

샌프란시스코 해변가에 멈춰서서.

그 때 내 상처를 치유해 주었던 것이 이 백사장이었다. 나는 마치 영화 속에 나오는 비운의 주인공이 되는 것처럼 백사장에 가족과 친구들의 이름을 써 놓았다. 파도가 밀려오면 그 이름은 사라져 간다. 바다가 원망스럽기도 했지만 다른 한편 바다가 한국까지 이어져 있으니 내 마음을 전할 수 있지 않을까 하는 엉뚱한 희망을 가지기도 했다.

오래 전의 상처와 함께 다시 찾아온 바닷가. 이번에는 내 친구가 있다는 생각에 안도감이 들어 마음이 편하다.

한 번도 해 보지 못했던 많은 일을 했다. 미국에 와서 처음으로 밤에 길거리를 걸어 보았다. 우리 호스트 아주머니께서는 나를 보호해야 한다는 생각에 9시가 넘으면 집 밖으로 나가는 것을 용납하지 않으셨다. 10시 정도에 신디와 함께 바람을 쐬고 오겠다는 핑계를 대고 다운타운 거리로 나왔다. 비라는 금색, 은색 목걸이 그리고 하와이안 꽃 목걸이 레이를 목에 주렁주렁 매단 아이들. 추운 날씨인데도 짧은 옷을 입은 여자 아이들이 놀랍다. 미국 남자들은 몸에 딱 붙는 옷을 입으면 근육이 드러나니까 멋있어 보인다.

낯익은 장면이 눈에 들어왔다. 차를 타고 돌아다니면서 같이 놀 상대를 찾는, 우리나라의 야타족을 연상시키는 그 모습. 지프의 트렁크 부분에 아이들이 앉아 있는 것도 보였다. 자동차 뒷좌석에 남자 셋이 여자 셋을 무릎에 앉힌 모습은 개인적으로 굉장히 안타까워 보였다. 상당히 무거울 텐데. 환하게 밝혀진 거리와 많은 사람들로 붐비는 모습은 해변에 활기를 더해주는 듯하다. 차 안에서든, 가

배짱도 실력이다

게에서든 음악이 울려 퍼지니까 분위기는 더 밝아지는 것 같다.

어느 정도 시간이 지났을까. 경찰 차가 나타났다. 아이들은 경찰이 보기 전에 빨리 차에서 내려서 인도로 걸어간다. 그러나 경찰차가 사라지자마자 다시 시작이 된다. 어디에 가든 10대들은 다 같은가 보다. 지켜만 보아도 재미가 있다.

"아주 재미있는 곳으로 데려다 줄게."

"어디?"

"댄스 클럽."

"난 그런 데 싫어."

미국에 올 때 내 자신에게 '탈선 유학생'이 되지 않겠다고 꼭꼭 다짐을 했는데 결국은 지역 책임자의 손에 이끌려 가고 말았다. 입장료를 내라고 하면 돈이 없다는 핑계를 대고 빠져 나오려고 했더니 그 날이 하필이면 '여성의 날'이라서 공짜라는 것이다. 보통 미국의 클럽은 18세 이상만 들어갈 수 있는데 이 곳은 관광객의 특성을 고려해서인지 나도 들어갈 수가 있었다.

내가 고등학교에 들어가야 할 시점이 되었을 때 우리나라에는 어린 학생들도 춤을 출 수 있는 콜라텍이란 것이 생겼었다. 몇 번 가 본 적이 있었는데 몇 년만에 다시 댄스장에 오니 기분이 새롭다. 비누 방울이 수증기와 섞여 나오는 곳, 바, 감옥 같은 철창, 높은 스테이지 등등. 그 중에서 가장 눈에 띄는 것이 DJ가 있는 공간이었다. 클럽 벽 끝 천장이 맞닿은 곳에 앉아 있었는데 그 주위에는 흰색과 빨간색이 번쩍번쩍 하고 있었다. 하얀 종이 같은 것이 바닥에서 휘

날리니까 마치 구름 속 도시를 보는 것 같기도 했다.

술과 담배는 물론이고 마약을 하는 이들도 간혹 눈에 띈다. 마치 소돔과 고모라에 온 것 같아 기분이 좋지 않았다. 시간이 지나자 분위기를 돋우기 위한 여러 가지 이벤트들을 볼 수 있었다. 여자들을 위한 '엉덩이 흔들기 댄스 경연대회'와 남자들을 위한 '옷을 최대한 많이 벗고 춤추기 경연대회'였다. 이름만 다를 뿐이지 목적은 같았다. 결국 옷을 많이 벗기고 사람들을 흥분하게, 즐겁게 만들려는 것 아닌가.

다음 날 아침, 해변가로 나섰다. 선탠을 하기 위해서였다. 거절을 했지만 신디의 거듭된 부탁에 결국은 지고 말았다. 한국에서는 하얗고 깨끗한 피부를 가진 사람들이 청순해 보여서 좋았는데, 미국에 오니까 사람들이 내 피부에 대해 칭찬을 많이 한다.

"하이림, 넌 어떻게 이렇게 예쁘고 깨끗한 피부를 가졌니?"

신디는 영화 배우같이 생겼지만 화장이라는 껍질을 벗겨내면 주근깨가 굉장히 많다. 얘는 그래도 상황이 나은 편으로 팔, 가슴 등

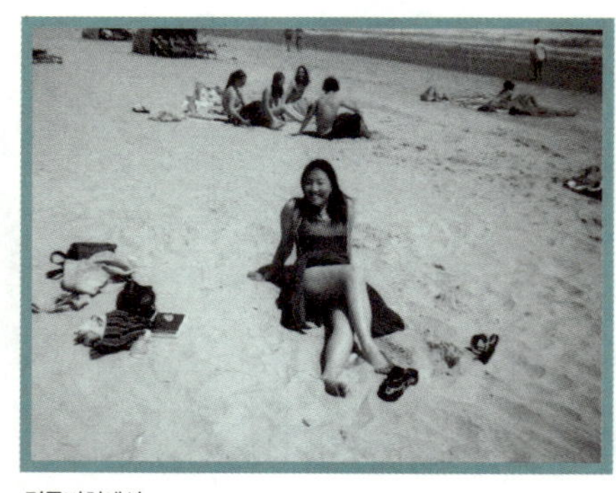

먼들비치에서.

에 주근깨가 있는 사람도 굉장히 많았다. 햇볕에 무리하게 노출을 했기 때문이라고 하는데 피부암의 원인이라고 한다. 이런 위험을 감수하면서도 선탠을 하는 이유는 걔들이 갖고 싶어하는 피부색이 바로 나의 갈색

배짱도 실력이다

이기 때문이었다. 아무런 노력도 없이 정말로 한 순간에 건강 미인이 되어 버렸다.

　나는 한국에서 비키니를 가지고 오지 않았다. 한국에서는 몸을 노출할 생각을 꿈에도 꿔본 적이 없었다. 또 한국에서는 몸매에 웬만큼 자신이 있는 사람이 아니면 비키니를 입는 사람이 없지 않은가. 그런데 막상 해변에 가보니까 원피스 수영복 입은 사람이 나밖에 없었다. 어떻게 이런 일이. 그래서 비치 수건으로 허리 아랫부분을 감고 있었다. 그러다가 원피스를 입은 사람을 마침내 발견해냈다. 아주 늙고 뚱뚱한 중년의 아줌마. 아! 다음에 꼭 새 수영복을 사야지.

더 이상 소녀가 아니에요

특별한 행사, 프롬

지금도 내 방 한 쪽에는 내가 '프롬' 때 입었던 드레스가 걸려 있다. 푸른 바탕에 반짝이는 장식들을 보면 아직도 그때의 순간들이 하나하나 다 기억날 만큼 생생하다. 기대에 부풀어 있던 하루하루와 그 당시의 황홀한 느낌들. 그 날 이후 누구의 신경도 끌지 못 하는 이 드레스는 추억을 하나하나 떠올려주며 그렇게 걸려 있다.

'프롬' 이란 행사가 도대체 어떻게 시작된 것인지 궁금해서 만나는 사람마다 붙잡고 물어보았지만 그 유래를 정확히 아는 이는 아무도 없었다. 다만 친구 중 하나가, 아마 오래 전의 사교계 전통에서 비롯된 게 아닌가 생각한다고 했다. 영화 '바람과 함께 사라지다' 에서처럼 예전에는 일정한 나이가 되면 사교계 댄스 파티에 나갈 수 있었는데 그게 대부분 우리 나이쯤이었다는 것이다. 그래서 이 의식이 성인식과 같은 의미가 있다고 한다. 미국에는 우리나라처럼 수학여행 같은 단체 행사가 없으니까 프롬이 고교 생활을 기억하게 하는 즐거운 추억이 된다고도 했다.

프롬은 학년이 끝나는 시기에 열리니까 졸업식과도 자연스럽게 연결이 된다고 한다. 마치 우리나라의 수능시험과 같은 생각이 든다. 우리나라 학생들은 수능시험이 끝나면 졸업은 안 했지만 모든 게 끝나 이제 대학생이 되고 성인이 되는 관문에 들어선 것처럼 생각하니까 말이다. 또 시험이 끝나면 학교에 가지 않는 학생들도 많았다. 마치 수능시험이 졸업식이기라도 한 것처럼.

그래서인지 프롬은 아주 중요한 행사로 여겼다. 학생들은 행사가 열리기 훨씬 전부터 흥분하기 시작한다. 부모님들도 비싼 비용을 아낌없이 지원해주는 듯하다. 학교에서도 프롬 행사를 적극적으로 도와준다. 지난 1월에는 학교 주최로 드레스 가게에서 빌려온 옷들로 패션쇼를 했다. 상점에서는 드레스를 광고할 수 있는 좋은 기회이므로 무료로 드레스를 제공해줬을 뿐만 아니라 일하는 사람들이 학교에까지 와서 드

프롬날에 파트너 패트릭과 함께.

패트릭이 내 손목에 꽃을 달아주고 나서 한 컷.

레스의 특징들을 설명해줄 정도였다.

아카데미 영화상 시상식이 있을 때면 저명한 디자이너들이 할리우드 여자 배우들에게 공짜로 드레스를 빌려주고 텔레비전은 그 패션에 대해 분석을 하고 가장 멋진 드레스를 뽑는 등 매우 신경을 쓰곤 한다. 배우들의 매력과 스타일을 알리기 위해서 그러나보다 했는데 제일 끝에 앵커가 이렇게 말했다.

"조금 있으면 프롬 시즌인데 이런 드레스들을 보면 여학생들이 매우 흥분하겠죠."

아이들이 드레스에 얼마나 신경 쓰는가를 단적으로 말해주는 증거라고 할 수 있다.

내 데이트(date· 프롬의 파트너)에 대해 생각했다. 어찌 혼자 몸을 이끌고 그 화려하게 차려입은 사람들 사이에 외롭게 앉아 있으리. 다행히 표적이 나타났다. 10학년인 귀여운 소년 패트릭! 그런데 호스트 아줌마는 한마디로 충격을 받아버렸다. 아주머니가 프롬에 갈 당시는 50년 대였으니까 남자가 여자에게 프롬 데이트가 되어줄 수 있느냐고 먼저 묻는 것이 전통이었다고 한다. 그런데 여

배짱도 실력이다

자가 남자에게 물어보겠다니.

신디에게 내가 먼저 남자에게 부탁하는 것이 그렇게 나쁘냐고 물어봤다. 그 애 말이 시간은 흐르는 법이란다. 그때는 그랬지만 전통은 조금씩 바뀌는 법이라나. 지금도 남자가 요청하는 경우가 많기는 하지만 그게 일반적인 것은 아니라고 한다. 여자애들이 부탁하는 경우도 많고 그것이 싫은 사람들은 혼자 가는 경우도 있다는 것이다.

그런 말을 하는 신디조차 자기 왕자님께서 자기에게 먼저 물어주길 원하기 때문에 기다리고 있다는 말을 했다. 시간은 흐르는 법이라고? 괜히 신디조차 믿을 수 없는 것은 왜지?

내가 듣기로 프롬은 보통 11학년 프롬과 12학년 프롬 두 가지가 있다. 학교 규모가 큰 경우에는 나누어 하는데 12학년 프롬은 졸업식 전에 열리기 때문에 11학년 프롬보다 더 성대하게 치른단다. 우리 학교는 작은 시골 학교였기 때문에 11학년과 12학년이 합쳐 프롬을 치렀다.

행사 전에 프롬에 참가할 수 있는 사람들의 명단이 나왔다. 아무나 갈 수 있는 곳이 아니다. 10학년 이하는 원칙적으로 허락되지 않지만 자신의 데이트와 함께 갈 경우 참석할 수가 있다고 했다. 나는 프롬 명단에 있었으므로 10학년짜리 데이트를 데리고 갈 수 있었다.

프롬에 가기 전 프롬 티켓을 사야 했다. 남자가 여자에게 같이 가달라고 요청한 경우 남자가 데이트를 위해 이 티켓을 사주는 경우가 대부분이었다. 내가 먼저 요청한 서러움이 이런 것인가. 그러나 나는 교환 학생이었기 때문에 학교의 배려로 공짜였다.

프롬이 열리기 약 1주일 전에 홈룸에 갔더니 프롬에서 지켜야 할 규칙과 안내도가 그려진 종이를 주었다. 다른 것에는 신경 쓰이지 않았지만 입장할 때 티켓이 없으면 입장이 안 된다는 조항 때문에 우리는 티켓을 몇 번이나 확인했다. 그런데 막상 그 날 가보니까 선생님이 명부를 가지고 입구에 앉아서 프롬에 오는 사람들과 그 데이트들의 이름을 다 확인하는 것이었다. 티켓, 있으나 없으나. 아이고, 김빠져라.

시간이 흐르고 흘러서 드디어 그 날이 다가왔다. 일주일 전부터 시작해서 당일까지 가장 바쁜 때이다. 아, 몇 백년의 시간이 흘렀지만 아직도 전통으로 남아 있는 일, 꾸미고 치장해야 하는 것은 여전히 우리들 여자의 몫인가. 우리는 손톱과 발톱 정리, 머리 모양, 화장과 장신구 갖추기에 신경을 써야 했다. 아이들은 보통 이런 치장을 하기 위해 미용실에 예약을 한다. 우리나라에서는 미용실 가고 싶을 때면 아무 때나 그냥 들어가면 되지만 미국인들은 반드시 시간과 날짜를 예약해 놓는다.

한국에 있을 때는 한 번도 머리가 크다고 생각을 해본 적이 없었다. 그런데 미국에 오니까 팔등신에 조막만한 얼굴들이 가득했다. 안 그래도 머리가 커 보이는데 미용실 아줌마가 퍼머를 해서 더 커 보이는 것이었다.

반짝이를 붙였는데 친구들 중에 그걸 예쁘다고 말해주는 사람은 없었다. 무용지물이었다. 아직도 친구들에게 그때 사진을 보여주면 내 얼굴이 동그랗다고 놀림을 받고 있다.

남자들은 턱시도와 프롬에 갈 때까지 타게 될 차를 준비하게 된다. 턱시도는 상점에서 빌린다. 보통 2~3주 전에 대여 비용을 내고 빌리는데 프롬 날짜를 알려주면 그 사람들이 반납 날짜를 정해준다. 기한 내에 반납하지 않으면 연체비가 어마어마하다고.

어마어마한 돈을 들여야 하는 것이 또 있는데 차였다. 친구 중에 같이 타자고 제의를 해오는 아이들이 간혹 있는데 그래도 7백~8백 달러는 분담해야 한다. 적은 돈이 아니었다. 밴을 타도 4백 달러 이상이 든단다.

그래도 친구들과 같이 가고 싶은 아이들은 리무진보다 싸니까 이것을 이용하나 보다. 이런 경우에는 운전기사가 딸려 있어 그 날 우리가 어디를 가든 차 안에서 기다리고 있다. 차 타는 시간이 늘어나면 그만큼 돈을 더 줘야 한다. 나는 그런 곳에 돈을 쓰고 싶지 않아서 내 친구 신디, 데이트 패트릭과 함께 우리 아줌마 차를 타고 갔다.

불쌍한 나의 친구 신디는 끝내 데이트를 찾지 못해 혼자 가는 처지가 되고 말았다. 남자들은 자신들의 데이트를 위해서 동그랗게 만들어진 꽃 묶음을 사서 데이트의 손목에 감아준다. 사진을 보면 신디는 그게 없다.

프롬 파티에서 친구들과 함께.

아이들은 멋있게 차려 입은 후 레스토랑에 가서 음식을 사 먹고 사진관에 가서 기념 사진을 찍는다. 우리는 아주 비싼 스테이크 하우스에 갔다. 아줌마가 격식을 갖춘 멋진 곳에 가야 한다고 했기 때문이었지만 지금도 먹는데 많은 돈을 썼다는 것만 생각하면 머리가 지끈거린다.

다음에는 사진관에 가서 2~3가지 포즈로 사진을 찍은 후 조그마한 포켓 사이즈로 몇 장 주문했다. 끝나고 나서 친구들과 사진을 서로 주고 받았다.

행사장에 들어가자 요란한 음악 소리가 울려 퍼졌다. 탁자와 의자가 배열되어 있었고 바에 음식과 음료가 준비되어 있었다. 아이들은 9시 정도부터 본격적으로 춤을 추기 시작했다. 일렉트릭 댄스, 컨츄리 댄스 등이었다.

예전에 배웠지만 나만 동작이 영 어색했다. 친구들은 동쪽을 바라보고 있는데 나 혼자만 북쪽을 보고 있으니까 굉장히 무안했다. 선생님들이 자기 남편이나 아내를 데리고 와서 함께 춤을 추었다. 10대 못지 않은 열정으로 춤을 추는 모습들. 마치 한창 데이트하던 시절의 추억을 떠올리는 듯.

프롬이 절정에 이르렀다는 생각이 들 때쯤 프롬의 왕과 여왕, 왕자님과 공주님을 뽑았다. 보통 인기가 많거나 예쁜 경우 아니면 집에서 밀어주거나 심사 위원이 좋아하는 애들이 잘 뽑힌다는 것이 내 친구의 의견이다. 그래도 아이들의 환호와 박수 소리 속에서 네 쌍이 춤을 추는 모습이 굉장히 보기가 좋았다.

이 순서가 끝나면 아이들은 서로 사진을 찍는다든지 이야기를 나누면서 집에 갈 준비를 한다. 아이들은 저마다의 새로운 추억을 가슴에 안은 채 돌아갔다.

프롬 행사장으로 가기 전에 패트릭, 신디 그리고 나는 잘 차려입은 채로 월마트에 놀러 갔다. 거기서 내가 어깨에 두르는 숄로 쓸 만한 것을 사려는데 일하는 사람이 물었다.

"프롬 끝나고 나서 뭐 할 거지요?"

"침대로 갈 거 같아요."

"손님이 무슨 말을 하는지 알아요? 후후후…"

패트릭은 얼굴이 빨갛게 변해서 고개를 숙였고 나는 말했다.

"저기요, '그 침대'가 아니라 그냥 침대에 들어갈 거예요."

프롬이 끝나면 누군가는 반드시 파티를 열기 때문에 아이들은 여벌의 옷을 준비해두고 그곳에 간단다. 그곳에서 섹스를 하거나 마약을 하거나 술을 마시며 밤을 새워 논다고 했다. 내 친구는 자신의 데이트와 드러내 놓고 호텔로 가버렸다.

우리 아주머니는 이런 건 하류 계층 사람들이나 하는 짓이라며 불을 뿜었지만, 연인 사이가 많아 아이들도 그렇게 신경을 쓰지 않는 듯하다.

사람들이 거의 다 있을 수 있는 일이라고 생각하는 것을 보고 사회적으로 묵인되는 전통이라는 것을 알 수 있었다. 나는 신디와 우리 집으로 돌아와서 컴퓨터 좀 하다가 잠들었다.

가끔 시간이 아주 빠르게 흘러간다는 것이 몸으로 느껴질 때가 있다. 특히 이런 일들은 아직도 눈만 감으면 너무도 선명하게 펼쳐져, 몇 달 전에 있었던 일이라는 것이 믿어지지 않을 정도이다. 오늘도 옷을 갈아입다가 벽을 바라본다. 내 프롬 드레스가 바로 저기에 있다. 나는 다시 환상 속으로 빨려 들어간다.

배짱도 실력이다

4 신세계, 나는 눈을 넓혔다

America
ABC
dream
Schoolbus
America

신세계, 나는 눈을 넓혔다

　캘리포니아를 향한 긴 여행이 시작되었다. 우리 호스트 아주머니는 캘리포니아 출신이시기 때문에 모든 친척이 거기에 살고 계신다. 내가 덴톤이라는 작은 시골에 사는 것이 불쌍해 보여 친척도 만날 겸해서 떠난 여행이었다. 서쪽으로 가면서 주가 바뀔 때마다 새로운 주 간판을 보는 것도 즐겁고 한 시간씩 시계를 고치는 것도 즐겁다.

　미국은 어찌나 넓은지 가도 가도 끝이 없다. 테네시 서쪽까지는 계속 산으로 이어지더니 그 후로는 평평한 초원만 나온다. 그러다가 텍사스에 들어서니까 땅이 건조해지고 뉴멕시코로 갔더니 더 건조해 숨도 쉬기가 어려웠다. 뉴멕시코와 애리조나는 그래서 아픈 사람들이 많다. 특히 애리조나가 그렇다. 공기가 건조하니까 천식이 있는 사람들이 많다고 한다.

사흘 후에 도착한 그랜드 캐년. 애리조나가 얼마나 이곳을 자랑스럽게 여기는지는 자동차의 번호판을 보면 알 수 있다. 노스 캐롤라이나는 라이트 형제가 처음으로 비행기를 띄운 곳이었다. 그래서 차 번호판에 비행기 그림과 함께 'first in flight' 라고 적혀 있다. 애리조나의 경우는 번호판에 'grand canyon state' 라고 적혀 있는 것이었다. 그냥 조그마한 공원인 줄 알았는데 그렇게 클 줄은 몰랐다.

과학 시간 때 배운 상식을 이용하자면 이곳은 초기 형태의 땅이다. 그랜드 캐년 관찰소가 있어 사람들이 멈춘다. 이곳을 도는 셔틀버스도 있다.

층층이 색깔이 다른 땅의 단면과 솟은 봉우리들을 본다. 그 하나하나가 다 이름이 있지만 너무 많아서 못 외우겠다. 그 밑을 흐르는 강은 콜롬비아 강의 한 자락이라고 한다. 사람들은 배낭을 메고 직접 아래로 내려가서 탐사를 할 수 있다고 한다. 마침 운 좋게 강을 4일 동안 탐사한 사람들을 만났다. 물이 너무 맑아 고기가 돌아다니는 것이 보이고 동굴들과 아름다운 꽃들로 가득하단다. 위에서 봐야 하는 나는 상상으로 볼 수밖에.

캘리포니아에 도착한 후 해안선을 따라 남쪽으로 갔다. 바다가 보이고 태양의 쨍쨍한 느낌은 말로 표현을 할 수가 없다. 그러다가 멕시코에 닿았을 때 그 느낌은 공포감으로 변했다.

멕시코는 황토색 자갈 빛 땅에 더러운 흙먼지가 날린다. 그 위에 수풀이 듬성듬성 있기는 하지만 뉴멕시코에서처럼 귀여운 느낌은 들지 않는다. 집들은 마치 판자로 지어진 것 같다. 일정한 형태도 없고 그냥 널브러져 있는 그런 느낌이 든다.

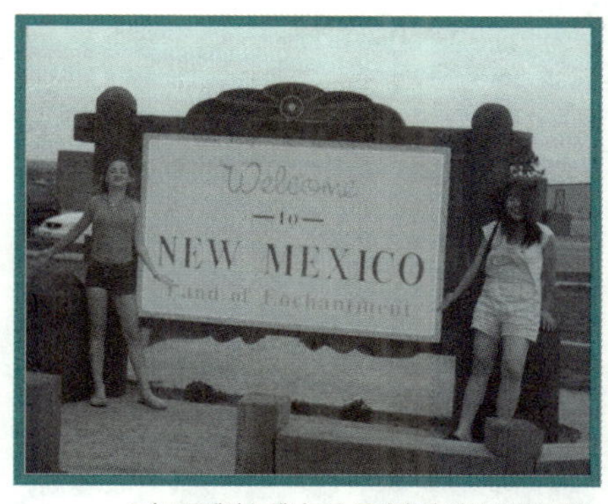
고속도로에서 뉴멕시코로 들어갈 때 여행 안내소에서.

모든 것이 더럽고 가난해 보였다. 처음에는 멕시코 인들이 미국으로 불법 입국하는 것에 대해 무조건 부정적으로만 생각했지만 이제 왜 그런지 약간 이해는 간다.

다시 캘리포니아의 해안선을 따라서 북쪽으로 간다. 멕시코에 있다가 미국으로 가니까 마치 모국에 들어온 듯 마음이 포근하다. 우습게도 이제는 내가 '안전' 하다는 생각이 든다. 남들은 미국이 위험하다는데도.

다시 동쪽으로 방향을 바꾸었다. 네바다로 들어갔더니 처음으로 눈에 띄는 것은 역시 카지노이다. 라스베가스 같지는 않지만 크고 작은 카지노가 곳곳에 있었다.

고속도로를 타고 가는데 사막이 나온다. 건조하기는 하지만 이때까지는 '땅' 이었는데 갑자기 중동의 사막에서 모래를 옮겨 놓은 것 같아 신기하다.

또 다시 하루가 지났다. 서쪽으로 갈수록 한 시간씩 더해가니까 더 피곤해진다.

뉴멕시코 알바컬키에 있는 고미술품 전문점에서.

"Someday over the rainbow way up high…"

캔자스를 지나면서 태어나서 처음 보는 신기한 것을 발견했다. 도로 저 앞 뿌연 먼지 때문에 하늘이 노랗게 보이는 것이었다. 우리는 불안한 마음에 최대한 속도를 내서 그것이 보이지 않는 곳까지 갔다.

가게에 들어갔더니 그것은 회오리 바람이 분다는 전조라는 것이다. 라디오를 틀어보니 회오리 바람의 방향을 알리고 대피를 하라는 아나운서의 목소리가 바빴다. 우리가 거기에 갔으면 어떻게 되었을까? 영화에서 트럭도 날아다니는 모습을 보았는데 아마도 가루가 되어 땅으로 떨어지지 않았을까 싶다.

예전에 웨스트 버지니아에 간 적이 있었다. 거기서 나는 자연을 파괴했을 때의 무서운 결과를 보았다. 그곳은 나무로 우거진 한적한 마을이었다.

그런데 몇 년 전에 일본의 가구 회사가 땅을 사면서 불행은 시작되었다고 한다. 나무를 다 잘랐더니 비가 왔을 때 홍수가 나버렸던 것이다. 처음으로 직접 본 수해지역 마을이었다. 20년 전에 홍수가 났을 때는 물이 발목만큼 찼었다는데 집안에 들어가 보니, 내 키보다 더 높은 곳까지 물이 들어찼던 흔적이 남아 있었다.

담장은 더러운 물질들이 가득 끼어서 구역질 나는 냄새가 난다. 사람들은 못쓰게 된 가구들을 모두 담장 밖으로 꺼내 놓고 내셔널 가드라는 군인들이 와서 복구 작업을 돕고 있었다. 골조만 남아있는 집들과 흔적 없이 사라져 버린 다리를 보니까 흐르고 있는 시냇물이 괴물처럼 보인다.

세상에는 내가 책상에 앉아서 배우고 읽은 것보다도 훨씬 많은 것들이 존재한다는 것을 알았다. 그래서 여행을 다녀야 하는 것인가. 세상은 너무 넓고 볼 것이 많다. 내 나이 열 아홉, 나는 세상에 눈을 떴다.

'죽고 나서도 사람들의 마음 속에서 계속 살았으면 좋겠다.'

예전에 '안네의 일기'를 읽었을 때 그 속에 있었던 문장 중의 하나였다. 미국은 아직 역사가 짧으니까 디즈니랜드나 유니버셜 스튜디오 아니면 뛰어난 자연 경치밖에는 볼 것이 없다고 생각했었다. 이 사실을 잊고 있었다. 문화재라는 것은 만들어갈 수 있다는 것을 말이다. 시간은 계속 흐르는 법이고 지금은 흔하고 흔한 것들도 점점 가치가 있어진다는 것을, 시간이 지나면 내가 살고 있는 집도 고가가 된다는 것을 말이다.

LA에 가는 도중에 엘비스 프레슬리가 생전에 살았던 집을 관광했다. 그 집에 도착했을 때 주차장에 있는 다양한 차를 보고 놀랐다. 그 가수가 살았던 집을 보기 위해서 미국 전역에서 온 것이었

다. 그 곳은 테네시였는데 플로리다, 아이오와 심지어는 메사추세
츠에서 온 차까지 보았다. 이 사람이 뭐가 그렇게 대단했기에.

그가 연주했던 피아노와 음식이 만들어졌던 주방 특히 내 눈길을
끈 것은 정글룸이었다. 벽에는 작은 폭포가 있고 탁자는 통나무이
다. 전체적으로 녹색을 많이 썼기 때문에 브라질에 있는 것 같은 느
낌이 든다.

이 집 2층은 공개가 되지 않았다. 엘비스가 살아있을 당시 자신
의 사생활을 위해서 손님들을 2층에 초대하지 않았기 때문에 고인
에 대한 예를 지키기 위해서라고 한다.

"나중에 여기서 일자리 구해봐야겠다."

무슨 비밀이 있나 하는 호기심 때문에 했던 우스갯소리였다. 내
가 엘비스를 잘 알 리가 없다. 그는 내가 태어나기도 전에 죽었고
또 다른 나라 가수여서 관심 자체가 없었다. 'can't help falling in
love with you' 라는 노래가 좋아 가끔 들었을 뿐이었다. 그런데
전시실에서 그가 발표한 음반들과 입었던 옷들과 출연했던 영화들
을 보면서 서서히 그에게 빠져들기 시작했다.

그의 묘가 있는 지중해식 정원에 갔다. 한 시대를 풍미하던 사람
이 잠들어 있는 곳. 아직도 그를 잊지 못하는 사람들이 던져놓은 선
물과 초가 있었다. 살아서는 인기 가수였지만 죽고 난 지금은 전설
이 된 사람. 이 사람은 지금부터 50년이나 1백 년이 지나도 잊혀지
지 않을까?

사생활을 위해 방을 공개하지 않는 경우가 있는 반면 너무 커서 공개를 할 수 없는 경우도 있었다.

"너 빌트모어 하우스 가봤니?"

"그게 뭔데?"

알고 보니 우리 주의 전설적인 부자 밴더빌트 가족이 살았다는 집이었다. 그 가족은 그들만의 공간을 위해서 애슈빌이라는 곳에 빌트모어 하우스라는 것을 지었단다. '크다, 크다' 소리만 들었는데 가보니까 정말 크다. 32평 짜리 아파트가 한 방에 통째로 들어갈 것 같다. 하인이 쓰던 방이 내 방만하다.

이 집에는 모두 2백 50개의 방이 있다고 한다. 수영장, 볼링장, 헬스장 등 모든 시설이 있었다. 1백 년이 약간 넘었다고 하는데 그 안에 엘리베이터가 있고 온수 냉수 시설이 있었다. 그 당시 미국에서는 최신식이었다고 한다.

사람들은 아름다운 집과 정원에 매료된다고 하지만 나는 그렇게 유쾌하지 않았다. 너무 상업적이라는 생각에서다. 입장료 외에 설명 헤드폰을 빌린다거나 발코니에 올라가는 것에도 돈을 내야만 했다. 그 안에서 파는 기념품들이 비쌌던 것은 물론이다. 집이 크고 넓어 관리해야 할 것이 많다는 것을 인정하기는 하지만 좀 심하다 싶을 정도였다.

또 개인이 이렇게 넓은 집에서 살 필요가 있었나 하는 생각도 든다. 듀크나 스탠포드도 굉장한 부자였지만 각각 대학교를 세워 미국 최고 대학교로 만들어 놓았다. 테네시에 밴더빌트 대학교가 있다고 하지만 그건 이 사람 할아버지가 세운 것이라고 한다.

　방명록에 글을 남겼다. 주인이었던 조지는 이 곳을 방문하던 사람들에게 짧은 글을 남겨줄 것을 부탁했다고 한다. 이 사람은 가족을 위해서 지은 집에 이렇게 내가 서 있는 것을 어떻게 생각을 할까. 1959년까지 사람이 살았다고 하는데 이런 집에서 살면 밤에 부엌에 가서 음식 꺼내먹기 힘들었을 것 같다.

　우리 호스트 아주머니는 빌트모어 하우스는 돈 독이 올랐다면서 굉장히 혐오하신다. 그러면서 캘리포니아에 갔을 때 본 비드웰 맨션을 계속 칭찬하신다. 남북전쟁 당시 장군이었던 비드웰 결혼 기념으로 세운 집이라고 한다. 이탈리아 형식으로 규모는 작지만 아담하고 품위가 있다. 그 안에서 그 당시 여성들이 입었던 옷들을 보고 기절하는 줄 알았다. 중국 여자들의 전족을 보고 미국 친구들은 비인간적인 행동이라고 하지만 그 사람들도 만만치 않았다. 허리를 어떻게 15인치까지 줄일 수가 있더냐. 나중에는 갈비뼈와 그 속의 장기 모양까지도 변한다고 한다. 이 시대에 태어난 것을 참으로 감사하는 순간이었다.

　비드웰 장군은 아내를 굉장히 사랑했다고 한다. 부부가 결혼하기까지 서로 주고받은 편지글의 일부를

캘리포니아 치코에 있는 지중해풍 비드웰 맨션.

보니 어릴 때 한창 유행했던 로맨스 소설을 읽는 것 같이 징그러우면서도 세상에 이런 남자 없나 하는 생각이 절로 든다. 아내는 미국 고위 관리의 딸이었다. 모든 것이 뒤떨어지던 서쪽에 온 것도 그 사랑을 믿었기 때문이 아닐까. 비드웰 장군은 집 대문 바로 앞에 나무를 한 그루 심었다고 한다. 그 나무가 빨리 커서 집 대문과 2층 발코니를 가릴 수 있는 그늘을 기대하면서 말이다. 사람들은 지금 그 그늘에서 집 정면의 아름다운 모습을 보고 있다. 그가 한 행동이 지금의 우리들에게 이렇게 큰 도움을 줄 수 있다니, 역시 사람은 1백 년 앞을 내다보면서 뭔가를 해야 하나 보다.

이렇게 아름다운 집의 내부를 구경하다 보면 차라리 그 시절로 돌아가 보면 어떨까 하는 욕심이 생긴다. 오래된 집들로 가득했던 거리를 걸었던 그 느낌이 다시 내게 돌아온다. 옛날에 만들어진 거리를 걷는 것은 언제나 포근하다. 오래 전부터 있어서 그 곳에 착 달라붙은 것 같은 그런 느낌.

우리 집에서 가까운 올드 셀렘이란 곳에 갔을 때였다. 체코슬로바키아에서 종교적 자유를 찾아온 사람들이 살기 시작한 곳. 아직도 이곳에는 사람들이 살고 있다. 미국에서는 오랜 집이 새 집보다 값이 훨씬 비싸다고 한다. 자신이 문화재를 보호하고 있다는 그런 자부심을 느낄 수가 있기 때문이라나.

전통적인 방식으로 빵과 과자를 만들고, 그 시대의 교회도 있다. 줄이 너무 길어 빵집에서 빵을 사지 못했던 것이 아쉽다. 땅을 개척

배짱도 실력이다

하던 이들은 힘겨웠을 것이다. 바다 건너 고향을 떠나와 믿을 것 하나 없는 새로운 환경. 의지 하나로 살아오지 않았을까.

시간은 흘렀고 지금 그 사람들이 다 사라지고 없다. 그런데도 이곳에는 웃음소리가 가득하다. 그들을 기억해주는 사람들의 웃음소리로. 그들은 그렇게 영원한 삶을 살고 있었다.

모래 위에 쌓여진 성들

인공적으로 만들어진 아름다움, 라스베가스에 닿았다. 낮에는 건물 외관을 구경했다. 이탈리아의 베니스처럼 해 놓은 카지노, 커다란 배 두 개가 양쪽에 있는 카지노, 로마시대처럼 지어놓은 카지노 등 한마디로 놀라운 건물들이 많았다. 아주머니께서 말씀하셨다.

"4년 전에 왔을 때는 알라딘의 건물이 저것이 아니었는데 어느새 또 다시 지었나 보구나."

점심 시간이 가까워져서 파리스라는 뷔페 식당에 갔다. 접시를 드는 순간 가격이 30달러라는 것을 알게 되었다. 1인분에 그렇다니. 태어나서 이렇게 비싼 음식을 먹어본 적이 없었

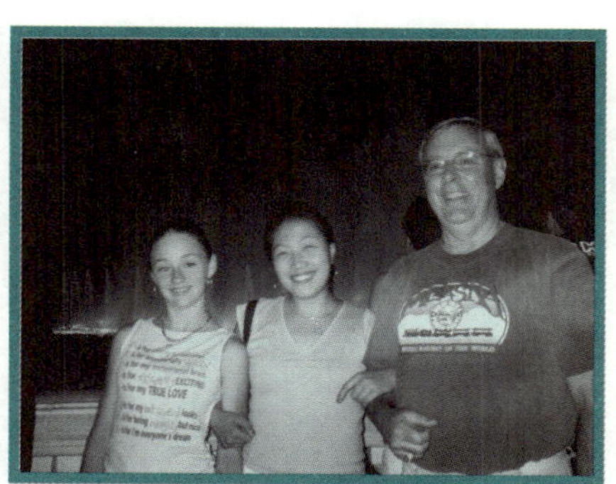

라스베가스 벨라지오 호텔의 분수쇼 앞에서.

배짱도 실력이다

다. 아주머니가 내 표정을 읽고 먹기 싫으냐고 물었지만 차마 '노'
라고 할 수 없어 속으로 울면서 돈을 지불했다. 뷔페는 물론 아주 근
사했다. 그러나 프랑스 음식이라 느끼해서 입에 맞지 않았고 또 배
도 고프지 않았었다. 그래도 돈이 얼마인데. 뱃속에 음식들을 최대
한 꾹꾹 채웠다.

아주머니 친구 분인 짐과 셔린 댁에 짐을 두고 밤에 다시 나왔다.
이럴 수가. 마치 대낮 같이 거리가 밝다. 카지노마다 네온사인으로
건물을 아름답게 치장해 사람들의 눈을 즐겁게 해 주었다. 사실 나
는 라스베가스라고 하면 벌거벗고 춤을 추는 쇼걸, 도박 그리고 그
곳을 활주하고 다니는 마피아들만 생각해 왔다. 그것이 영화에서
주로 주던 이미지였으니까 말이다. 셔린의 말에 의하면 요즘은 그
런 이미지를 탈피하고 가족들이 함께 놀 수 있는 장소라는 것을 알
리려고 많은 노력을 한다나.

짐은 사막에서 시작된 카지노 사업이 지금은 어떻게 변했는지를
보라고 하셨다. 이 크고 아름다운 건물들 중 20년이 넘은 것은 하나
도 없다면서 내가 4년 정도 후에 오면 아마도 새로운 건물을 볼 수
있을 것이란다.

내가 공짜 쇼들 중에 가장 좋아한 것은 밀라지오라는 곳에서 하
는 분수 쇼였다. 낮에는 그저 그런 카지노라면서 그냥 지나쳤는데
밤에는 그 건물 앞에 있는 넓은 호수가 바로 쇼장이었던 것이다. 컴
퓨터로 작동되는 분수들이 음악에 맞추어서 춤추는 모습은 한마디

로 아름다웠다. 이렇게 아름다운 곳은 아마도 다른 면을 가지고 있겠지. 도박으로 많은 돈을 잃고 좌절하는 사람들의 모습들.

그 다음 목적지는 샌프란시스코였다. 이곳이야말로 내가 진정으로 사랑한 곳이다. 언덕을 타고 지어진 집들과 항구에 정박해 있는 하얀 배들 그리고 말로만 들었던 금문교가 있었다.

내가 아시안이어서 그런가. 가장 즐거웠던 곳은 차이나 타운이었다. 사실 LA에 있는 한인 타운은 한국 상점들이 즐비하고 한국인들이 많이 산다는 것 외에는 구경할 것이 없다. 그런데 차이나 타운은 동양적인 이미지를 잘 살렸다. 중국 음식점들과 중국 특산품 판매점 외에도 중국 풍의 옷이나 인형이 잔뜩 있었다. 나에게 굉장히 낯이 익은 문화이니 마치 고향에 온 것 같은 느낌이 든다.

골든 게이트, 금문교라고 해서 금색인 줄 알았는데 사실은 빨간색이었다. 멀리서 보면 아주 멋있는데 가까이서 보니까 빨간 철이 박힌 것이 그리 예쁘지 않다. 그 건너 편에는 소살리토라는 부자 동네가 있다는데 다리를 건너려면 통행료를 내야 한다고 한다. 역시 부자 동네에 살면 드는 돈이 더 많은가.

그곳이 어떤지 확인하러 갔다. 그곳에서 보니까 아름다운 바다와 금문교 그리고 저 멀리 샌프란시스코가 한 눈에 다 보인다. 아름다운 경치 때문에 비싼 동네가 아닌가 싶다. 원래 황량한 벌판에 불과하던 이런 곳에 세워진 도시가 지금은 미국을 대표하는 도시가 되었다.

모래 위의 성은 무너져 내린다고 하지만 이곳에 있는 것들은 시간이 갈수록 명성이 더 탄탄해지는 것 같다. 예전부터 무에서 유를 창조한다고 하는데 이것이 그 전형적인 경우인 것 같다. 우리나라에도 도시에 아파트만 짓지 말고 상징이 될 수 있는 것들을 만들어 세계적인 곳으로 발전할 수 있었으면 좋겠다.

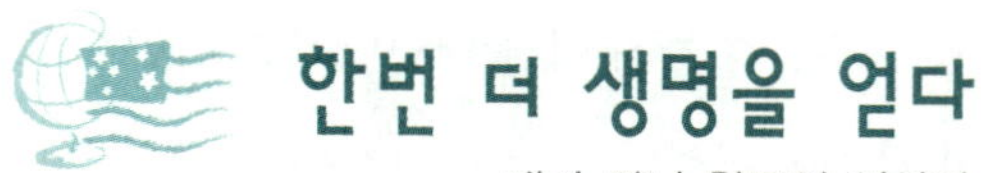

한번 더 생명을 얻다

내가 만난 한국인 입양아

내가 다닌 학교에는 이상한 성을 가진 학생이 3명 있다. 2명은 일본계가 확실한데 나머지 1명은 성이 이상하다. 얼굴은 전형적인 동양 아이인데 그 성이 한국계도, 일본계도 그렇다고 중국계라고 하기에도 미묘한 점이 있었다.

"네 성은 어느 나라 계통이야?"

"한국 계통이야. 나 입양 되었거든."

이렇게 나는 카이를 만났다. 사실 카이는 내가 미국에서 만난 첫 번째 한국인 입양아는 아니었다.

"한국에서 오셨어요?"

"네. 그런데요?"

"제가 한국 아이 둘을 입양했거든요. 둘 다 잘 자랐죠. 하나는 직장을 이 부근에 잡아서 집을 마련할 때까지만 이곳에 살기로 되어 있어요. 만나보실 수 있을 거예요."

한국인 입양아는 바로 우리 아주머니의 친구인 셔린과 짐의 두 아들이었다. 그 중 캐빈만 만날 수 있었는데 시간이 없었기 때문에 인사만 주고 받고 헤어져야 했다.

그때 만난 캐빈이 내가 처음 만난 한국인 입양아였다. 캐빈은 한국인의 피가 흐르고 있었지만 한국인이라고 하기에는 어딘가 어색했다. 정확히 말한다면 한국인이 아니었다. 왜냐하면 캐빈은 어릴 때 미국에 와서 미국인으로 길러졌기 때문이다. '사회화' 라는 것이 이런 것이로구나.

미국에서 태어나고 자라 겉은 한국인이지만 속은 미국인인 아이들을 바나나라고 한다. 그러나 캐빈을 바나나라고 할 수는 없다. 바나나라고 불리는 아이들은 부모님들이 한국인이므로 한국적인 것에 어느 정도는 익숙하다. 그러나 캐빈은 전혀 그렇지 못하다.

셔린과 짐의 말에 의하면 30년 전에 입양을 결심하고 입양할 아이를 찾았다. 그 당시 미국에서 입양할 아이를 찾는 것은 불가능했다. 미국은 포스터 캐어 같은 사회 복지 시설이 너무 잘 되어 있었기 때문에 오랜 시간을 기다려야 했단다. 그래서 홀트 재단을 찾아 갔다고 한다. 그리고 찾아낸 아이가 지금의 두 아들이라는 것이다.

당시 양아들들의 나이는 각각 7살과 5살이었다고 했다. 둘은 영어를 배우기 시작한 순간부터 한글은 금방 다 잊어버렸다. 자신이 어디서 왔는지 전혀 관심이 없었다.

그 후 두 번째 만난 한국인 입양아가 바로 1년 간 같은 교실에서 지낼 카이였다. 개한테 잡지 회사에서 일한다고 말하면서 입양된 느낌에 대한 인터뷰를 해도 되냐고 물어보았더니 신경 쓰지 않는다고 했다. 그러나 카이는 분명 신경을 쓰고 있었다. 꼭 사진을 실어서 한국인들이 자기 얼굴을 볼 수 있도록 해 달라는 부탁을 했으니.

"입양 되었다는 사실을 어떻게 알았어요?"

"부모님이 아주 어릴 때부터 계속 말씀해 주셨어요."

카이는 태어나 수원에서 5개월을 살다가 입양 되었단다. 왜 부모님이 자신을 포기했는지 정확한 이유는 모른다고 했다.

"남들에게 자신이 입양 되었다는 사실을 말할 때 상처 받나요?"

"아니오, 이것이 내 인생에 있어 사실 그 자체인 걸요. 그 진실이 나를 괴롭히지는 않죠."

친구들이 카이에게 '한국인'이라고 부르면서 장난을 치는 것을 보았다. 카이는 설사 그 아이들에게 나쁜 의도가 있다 해도 그것이 '나'인데 그 놀림 때문에 왜 상처를 받아야 하느냐고 오히려 되물어 왔다. 사실 질문을 하는 내가 더 조심스러웠다. 카이가 상처를 받으면 어떻게 하나 가슴이 조마조마했다. 그러나 시간이 지나면서 카이가 입양 되었다는 사실에 전혀 신경을 쓰고 있지 않다는 것을 깨달았다.

카이는 한국인이라는 것은 자신이 어디서 왔는지를 알려주고 미국인이라는 것은 자신이 살고 있는 곳을 알려준단다. 자기

한국인 입양아 카이 솔린 12학년 때.

배짱도 실력이다

는 자기 삶에 만족하고 앞으로 펼쳐질 삶에 대한 기대가 크단다. 그래서 한국 부모님을 찾을 생각이 아직은 없지만 나중에 아마 그럴지도 모르겠단다.

자기는 양부모님과 인종이 다르다는 사실조차 잊고 살 때가 많다고 했다. 카이는 작년 겨울 부모님과 한국 관광을 했다고 한다. 생각보다 재미있는 나라라면서 나중에 친구랑 놀러갈 생각이란다. 이런 카이를 보니까 캐빈과는 전혀 다른 느낌이 든다.

그러나 캐빈이든 카이든, 그들은 미국인이다. 한국인으로 태어났지만 미국인으로 다시 태어난 아이들. 우리가 기르지 못했으니까 다른 이들이 길러주는 것을 고맙고 감사하게 여겨야 된다.

예전에 장난으로 친구들에게 입양을 할 생각이 있냐고 물어본 적이 있는데 그들은 언제나 이렇게 말한다. 내 아이도 아닌데 어떻게 기를 수가 있냐고. 또 부모님의 반대가 너무 클 것 같아 불가능할 것이라고 했다. 지금 생각을 해 보면 그런 것은 핑계인 것 같다.

짐과 서린이 말했다.

"부모 자식 간에 필요한 것은 사랑이지 피가 아니지요."

가슴이 뭉클했다. 친자식 양자식 할 것 없이 부모님을 둘러싸고 활짝 웃고 있는 가족 사진을 보니까 아주 행복해 보였다.

내 동생은 집이 두 개

이혼과 재혼

나는 지금 집에 혼자 남아 있다. 혼자 시간 보내는 것을 좋아하는데 오늘은 기분이 묘하다. 새로 살게 된 집에는 어머니와 딸만 살았다. 아주머니께서 오래 전에 이혼을 하셨기 때문이다. 지금 딸인 제이드는 아버지의 집에 가 있고 아주머니는 남자 친구인 데이비드와 영화를 보러 가셨다. 전에는 이혼 가정들을 보고 듣기만 했는데 같이 사니까 '현실'이 무엇인지를 느끼게 된다.

제이드는 아주머니의 남자 친구에게 차갑고 나쁘게 행동했다고 한다. 제이드는 데이비드가 못 생겨서 싫다고 했다. 그러나 제이드는 데이비드가 못 생겨서 싫은 것이 아니라 어머니를 빼앗아 가는 것 같아 싫어한다. 데이비드 앞에서는 말을 한 마디도 하지 않는다. 어제는 데이비드와 아주머니가 우리 집 거실에서 다정하게 키스를 나누시는 것을 보았다. 방 안에서 내가 갑자기 나오니까 두 사람이 놀라 떨어졌다.

"저기, 계속 하셔도 돼요. 저 상관 안 하는데요."

두 사람은 제이드가 있을 때는 이런 행동을 꺼리신다. 아주머니는 데이비드와 재혼을 생각하지 않으시는 것도 제이드 때문이라고 했다.

이혼을 하면 아이는 보통 어머니께 간다고 했다. 아마도 여성을 보육의 역할과 연관 짓던 예전의 관습이 여기도 남아있는 것 같다. 아주머니의 친구 중 한 명은 아이를 데리고 재혼을 했는데 두 사람 사이에서 아이가 생긴 후 남편이 그 아이를 더 편애하는 듯한 느낌을 받아 결국 이혼을 해 버렸다고 한다. 또 다른 친구 하나는 어머니가 재혼한 후 '어머니는 더 이상 나를 사랑하지 않는다'고 생각하고 방황했다고 한다.

이혼을 하면 주중에는 어머니와 지내고 주말에는 아버지와 지내는 경우가 많다. 제이드는 격주마다 한 번씩 아버지의 집에 간다. 아주머니께서는 제이드가 가지 않았으면 좋겠다면서 씁쓸한 웃음을 지으시곤 한다.

나는 제이드의 아버지가 더 안타까워 보인다. 어머니와 지내는 시간이 많으니까 걔는 당연히 어머니 그리고 외가와 더 친하다. 보이지 않으면 마음도 멀어지나 보다. 요즘은 미국에서도 아버지들이 자녀 양육의 권리를 되찾기 위해 많은 노력을 한단다.

이혼과 재혼에서 성공한 경우도 많이 보았다. 미국에서는 이혼을 삶의 한 방식으로 인정해주므로 이혼했다는 사실 자체가 문제가 되는 것 같지 않았다.

"오늘 우리 새 엄마가 나 데리러 오신다."

"어제 우리 엄마 새 남자 친구랑 영화 보러 갔었다."

친구들이 나에게 이런 말을 할 때마다 기분이 묘했다. 항상 '이혼=콩가루 집안' 이란 공식을 생각하면서 커온 탓이다. 더 이상한 경우도 보았다. 내 친구 패트릭은 누나, 엄마와 한 집에서 산다. 그런데 누나와 성이 다르다. 아버지가 다르단다. 이 사실에 놀라 눈을 커다랗게 뜬 사람은 나밖에 없다고 말하는 패트릭은 내가 더 이상하다고 느껴졌을지도 모른다.

미국인들은 한국인들에 비해 감정에 솔직한 것 같다. 그래서 사랑이 식으면 이제 너와의 사랑은 끝났노라고 말하고 좋은 친구 사이로 변하는 것 같다. 그래서 우리나라만큼 불륜이 많지 않고 이혼을 하고도 좋은 관계로 남는 듯하다.

우리 선생님이 말씀하시기를 아들 친구의 부모님이 이혼을 했는데 남편은 살던 집 바로 옆 집에 살았단다. 아들 친구 부모님은 자주 마주쳤는데 그때마다 'Hi! how are you doing?' 하고 인사를 하고 다닌다고 하면서 신기하단다. 도저히 그 심정을 이해할 수 없다면서.

"더 이상한 것 말씀해 드릴까요?"

배짱도 실력이다

선생님의 말씀을 듣고 있던 내 친구 엘카가 나섰다. 그 아이의 어머니와 아버지께서 이혼을 했고 엄마는 다시 재혼을 하셨다. 그런데 재혼 상대가 자기 아버지의 친한 친구 중 한 사람이다. 아버지는 결혼식에서 사회를 봤고 친구에게 이렇게 말했단다.

"내 전 아내를 행복하게 해 주게나."

선생님은 이 이야기를 듣고 기가 차다는 듯 웃으셨다. 지금 걔는 엄마와 살고 있는데 아빠가 자주 놀러와서 시간을 보낸단다. 얼마 전 잡지에서 읽은 탐 크루즈의 인터뷰가 공감이 간다. 비록 니콜 키드만과 이혼을 하고 다른 여자와 사귀고 있지만 그녀를 여전히 친구로 사랑하고 있다나.

"제이드, 아버지 보고 싶지 않니?"

"주말마다 보는데 뭐."

나도 집이 두 개이고 제이드도 집이 두 개이다. 내가 진정한 소속감을 느끼는 집은 당연히 한국의 집이다. 내 가족과 친척 그리고 친구들이 소속되어 있는 사회. 그 곳에서 숨을 쉬는 것이 더 낯익기 때문일 수도 있다. 그렇다면 제이드가 진정한 소속감을 느끼는 집은 어디일까?

달려라, 미카엘라

크로스 컨츄리

한국에 있을 때 달리는 것 하나만은 자신이 있던 나였다. 초등학교를 다니던 당시 학교가 우리 집에서 7백 미터 정도의 거리에 있었기 때문에 걸어 다녔다. 처음에는 일찍 나섰지만 점차 게을러지다 보니까 아슬아슬하게 집을 나서는 경우가 많아졌다. 그러니 달리는 일이 점점 늘어났다. 지각을 하는 경우가 많아지면서부터 학교 갈 때 뛰는 것이 공식처럼 되어 있었다.

중학교를 다닐 때는 초등학교 때보다 더 열심히 달려야 했다. 학교가 우리 집에서 약 세 정거장 정도로 더 멀어졌기 때문이다. 부모님이 아침에 버스 차비를 주셨지만 친구와 나는 이 돈을 모아 갖고 싶은 것을 사는데 쓰겠다며 같이 걸어가곤 했다. 그래서 때로는 지각을 했기 때문에 복도에서 1시간 동안 꿇어 앉아 있거나 운동장을 토끼 걸음으로 걸어가는 벌을 받기도 했다. 방학 때는 살을 빼려고 집 옆에 있는 호수 주위를 항상 몇 바퀴씩 뛰었다. 그래서 뛰는 일은 내 생활의 일부가 되었다.

"미카엘라, 우리 팀에 들어오지 않을래?"

새 학교에 왔을 때 샤논이 나에게 크로스 컨츄리 팀에 들자고 했다. 여자 5명과 남자 5명이 필요한데 사람이 모자란단다. 사람을 채우지 못하면 팀이 해체되어 버린다는 것이다. 그 제안을 승락한 이유는 첫 번째로 내가 달리는 것을 좋아했기 때문이다. 크로스 컨츄리는 3마일을 달리는 경기라서 만만치 않다. 달리는 것이 싫다면 하기 어려운 일이다. 두 번째 이유는 살을 빼고 싶었기 때문이다. 미국 음식들이 워낙 기름지니까 계속 살이 찌고 있었다. 원래 굉장히 날씬한 편이었는데 미국에 온 후 예전 모습은 온데간데 없이 사라져 버렸다. 살을 뺄 수 없다면 최소한 더 이상 찌지는 말아야 한다는 심정으로 팀에 들어가기로 했다. 세 번째 이유로는 방과 후 활동이 필요했기 때문이다. 미국에서 대학을 가려면 방과 후 활동도 중요한데 미국 아이들에 비해 상대적으로 부족한 것이 마음에 걸렸다. 특히 미국에 온 뒤로 운동을 제대로 해본 적이 없어서 그런 마음이 더 들었다. 나는 이제부터 크로스 컨츄리 선수가 된다.

우리 학교의 크로스 컨츄리팀.

처음 크로스 컨츄리를 시작했을 때는 예상과 전혀 달랐다. 작년 코치가 임신을 해서 더 이상 활동할 수가 없었기 때문에 우리는 코치 없이 팀을 운영했다. 우리는 남자 캡틴인 던컨과 여자 캡틴인 켈시를 따라 코스를 뛰었다. 나는 언제나 뛰다가 걷는 것을 반복하는수준이었다. 우리 팀의 크리스틴과 샤논도 처음 크로스 컨츄리를 시작했기 때문에 그리 잘 달리지 못했다. 그래서 그들과 언제나 천천히 혹은 코스를 줄여 달리곤 했다. 악몽의 시작이었다.

며칠이 지나서 크로스 컨츄리 코치가 왔다.남자였다. 키가 185cm 정도, 파란 눈, 머리는 탈색한 노란색이었다. 얼굴은 마치 할리우드 배우를 떠올릴 만큼 잘 생겼고 몸의 근육이 아주 멋졌다. 그가 미소를 지으면 하얀 이빨과 아름다운 눈동자가 한낮의 눈부신 광선들과 함께 반짝거렸다. 추수 감사절이 되어 우리에게 감사할 만한 것이 있으면 기도하라고 했을 때 어떤 아이가 '잘 생긴 크로스 컨츄리 코치를 주셔서 감사한다'고 기도를 했다고 하니 어느 정도인지 짐작할 수 있을 것이다.

"He is so hot(죽여줘)!"

그가 처음 왔을 때 여학생들이 보인 반응이었다. 코치를 보고 여학생들 전체가 술렁였다. 우리는 크로스 컨츄리 팀 선수들이 불어날 것으로 기대했지만 그런 일은 일어나지 않았다. 솔직히 크로스 컨츄리를 그만두고 싶은 생각이 종종 들었지만 이왕 시작한 이상 끝내야 한다는

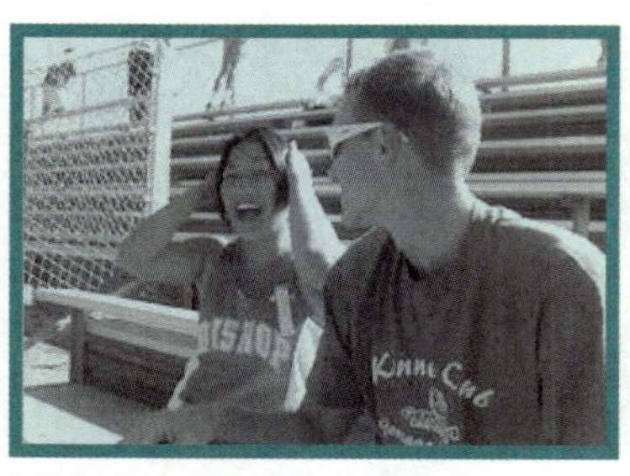

크로스 컨츄리 대회 때 코치와 함께.

생각과 함께 코치 얼굴을 볼 생각에 그만두지 못했다.

첫 번째 경기에 출전했다. 여러 곳에서 많은 선수들이 모인 큰 규모의 경기였다. 카시타스 호수 근처였다. 처음이라 가슴이 떨리고 걱정이 많이 되었다. 크로스 컨츄리가 어떤 것인지 한 번 보고 난 다음에 뛰고 싶은 마음이 간절했다. 그런데 코치와 친구들이 이 멀리까지 왔는데 어떻게 보기만 하고 갈 수 있냐며 뛰어야 한다는 것이었다.

경기가 시작되었다. 다른 선수들이 빠르게 뛰는 것을 느낄 수 있었다. 처음에는 그들과 같은 속도로 뛰었는데 갈수록 숨이 차고 다리가 풀리는 것을 느낄 수 있었다. 결국 걷기 시작했다. 그러다 다시 뛰었다. 아이들은 하나둘씩 나를 앞서나가기 시작했다. 내 뒤에 몇 명이 남았나 세는 것이 더 이상 어렵지 않았다. 반쯤 뛰었나. 더이상 뛰고 싶지 않았다. 내가 이렇게 처져 있다는 사실에 화가 났다. 중간에 레이스를 그만두고 싶다고 코치에게 말했다. 다리가 아프고 속이 쓰리다는 이유를 댔다. 정말 몸이 말이 아니었다. 결국 구토를 하고 말았다.

이 일이 있은 후 코치는 나와 약속을 하나 했다. 코치의 입술 바로 아래에 수염이 약간 있다. 내가 수염을 굉장히 싫어하기 때문에 코치에게 자르는 게 어떻겠느냐고 몇 번 말했지만 내 부탁을 들어주는 일은 없었다. 그런데 내가 다음 번 경기에서 완주를 한다면 부탁을 들어주겠단다. 다음 경기는 카펜테리아 고등학교에서 벌어졌다.

이곳에서도 꼴찌에 가까웠다. 끝에서 세 번째로 들어올 수 있었던 것은 샤논과 크리스틴이 함께 뛰었기 때문이다. 그 둘이 각각 꼴찌와 끝에서 두 번째를 차지했다. 그런데 크리스틴이 이런 말을 했다.

"난 경기를 끝냈다는 것 자체가 기쁘다. 혼자 뛰니까 남 신경을 안 써도 되어 오히려 마음이 편하던 걸."

이 말이 경기를 하는 내 자세를 바꾸어 놓았다. 그 다음부터는 언제나 끝까지 뛰려고 노력했다. 아무리 힘들어도 말이다.

"Michaela, please don't walk. Run(미카엘라, 걸으면 안돼. 뛰어)!"

"Michaela, try not to walk(미카엘라, 걷지만 말아라)."

"Michaela, walk as short as you can(미카엘라, 걷는 건 조금씩만)."

팀원들과 코치가 나를 응원하는 말은 이렇게 바뀌어 갔다. 나는 뛰면 숨이 차고 관절이 아파 도저히 계속 뛸 수가 없다. 그러나 기어이 완주를 했다. 걷지만 않는다면 아주 훌륭한 선수가 됐을 텐데, 혼자 칭찬을 했다. 크로스 컨츄리 코치는 약속대로 수염을 잘라서 더 멋진(?) 모습으로 우리를 훈련시켰다.

얼마 전 가을 시즌에 뛴 운동 선수들은 선수 활동을 했다는 증명서를 받았다. 이때까지 내가 훈련을 하던 날들과 경기를 하던 날들이 영화처럼 스쳐갔다. 아, 이 날을 위해 얼마나 고생했던가. 모든 일은 결실을 맛볼 수 있다는 사실 때문에 의미가 있는 것 같다.

배짱도 실력이다

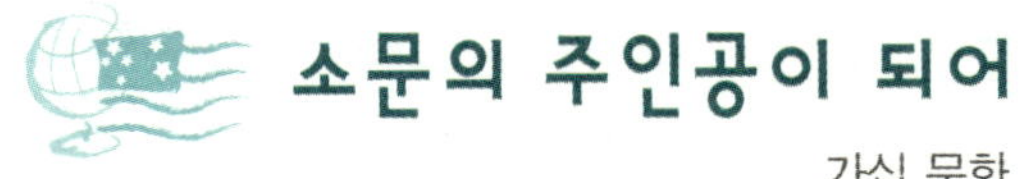

소문의 주인공이 되어

가십 문화

사람들은 모르고 있는 것이 있으면 궁금증을 참지 못하고 기어이 알려고 한다. 나도 남 얘기하는 것 좋아한다. 미국에 와서 보니 이런 행동은 다른 이들의 인격을 파괴할 수도 있다는 것을 깨달았다.

미국인들은 가십에 관한 한 정말 심각한 수준이라 황당했던 경우가 많았다. 한국인들은 가십을 나쁜 의도로 만드는 것 같은데 이곳 사람들은 순전히 재미를 위해서 만드는 경우가 많은 것 같다.

한국에서 교실이란 폐쇄된 공간이다. 소문이 나면 내 귀에 빨리 들어온다. 나는 그 소문에 대해 즉시 조치를 취할 수가 있다. 그러니까 소문이라고 해봤자 교실 안에서 시작되어 거기서 끝나버리는 경우가 많다.

미국의 고등학교에 오면 이야기가 달라진다. 한 반에서 소문이 시작되면 그 반에 있는 아이들은 다른 수업들을 선택해 듣고 있으므로 소문은 반에서 반으로 옮겨간다. 그 속도도 굉장히 빨라서 아주 흥미 있는 일이라면 학교 전체에 퍼지는데 몇 시간도 채 걸리지 않는다. 한국에 있을 때도 남들이 나의 사생활에 대해서 이러쿵저러쿵 하는 것을 싫어했다. 이 학교에 와서는 이것이 더 심해졌다. 나는 그래서 산타 바바라의 학교가 굉장히 싫다.

"Michaela! Look at this(미카엘라! 이거 봐)!"

영어 시간을 마치고 교실을 나가는데 스티븐이 수업 시간 중에 자기 팔에 장난으로 그려놓은 것을 보여주면서 씨익 웃는다. EJ라고 써놓고 그 옆에 하트 마크를 그려놓은 것이었다. 나와 EJ의 관계를 놀리는 것이다. 내가 우리 반에 있는 앤드류와 엘렌에게 EJ를 귀엽게 생각한다고 말해준지 4일만에 우리 학교에서 내가 그를 좋아한다는 사실을 모르는 사람이 없게 되었다. 나는 EJ에게도 직접 귀엽다고 생각한다는 말을 했었다. 그런데 내가 그 애를 좋아한다고 소문이 돈 것이다. 남자 보는 눈이 없다는 말과 함께.

내가 EJ에게 직접 말하지 않았더라면 개도 내가 자기를 좋아한다고 생각했을 것이다. 사람들이 제멋대로 부풀린 주관적인 의견들을 먼저 들었을 것이다. 수학 시간에 개가 바로 내 옆에 앉기 때문에 며칠 동안 개의 얼굴을 똑바로 쳐다보지도 못할 만큼 굉장히 무안했다. 그런데 더 나쁜 일이 동시에 생겼다.

마크라는 아이는 영어 시간에 내 뒤에 앉는다. 우리는 크로스 컨츄리를 같이 하기 때문에 운동을 마치고 나면 언제나 집까지 나를 바래다 준다. 우리 둘은 영화를 보러간 적이 있다. 그때 나한테 손을 얹어도 되냐고 물어본 적이 있었는데 나는 당연히 거절을 했다. 그 후 근처에 있는 케이트 스쿨을 구경하러 나간 적이 있었다. 그렇다고 내가 마크를 좋아하는 건 아니다. 그런데 요즘 들어 학교 친구들이 나에게 이렇게 묻는다.

하이 포이트에 있는 오크 할로우몰에서.

"너 마크랑 매일 전화한다는 게 사실이니?"

"너 마크랑 키스를 했다는 게 사실이니?"

"마크가 니 남자 친구니?"

"마크가 너한테 완전히 빠졌다며?"

처음에 한두 번 들을 때는 그러려니 했는데 많은 사람들이 이런 식으로 물어보니까 당황스럽기 그지없었다. 학교 전체에 소문이 났단 말인가. 소문의 근원지를 찾아야겠다고 생각했다. 도대체 누가 소문을 냈단 말인가. 놀랍게도 마크 본인이었다. 걔가 사람들에게 이런 식으로 말을 하고 다녔다는 사실을 참을 수가 없었다. 본인은 물론 이 사실을 부인하고 있었다. 내가 정말로 좋아하는 JC라든지 프랭크까지도 내가 마크를 좋아하는 줄 알고 있을 거라고 생각하니 정말로 기가 찬 일이었다.

가장 가슴 아픈 일은 내가 아주 좋아하는 EJ의 친구인 루크가 이 소문을 들었다는 것이다. 그렇다면 EJ도 이 사실을 알고 있다는 것은 눈을 감고도 알 수 있는 훤한 사실이다. 화가 나서 사람들이 물어볼 때마다 강하게 대응을 하기 시작했다. 너네 미국인들이 미친 것 아닌가 하는 생각이 든다는 말을 덧붙이면서. 마크가 그럴 줄은 몰랐다고도 했다. 마크와 같이 있는 시간을 줄이고 이야기를 안 하기 시작했다. 그랬더니 소문은 다시 바뀌어 버렸다. 마크 혼자서 난리를 친 것이지 나는 아무런 연관이 없다, 라고.

내가 가장 불만을 느끼는 부분은 제이드와 방을 나누어 써야 한다는 것이다. 개야 자기 집이니까 친구들을 마음껏 데리고 오겠지만 나는 아무래도 눈치가 보여 그럴 수 없다. 친구들을 데리고 오니까 친구들까지 내가 어떻게 살고 있는지 훤히 알 수 있게 된다. 그리고 애들 사이에서 쉽게 소문의 대상이 될 수도 있다. 제이드가 어떻게 살고 있는지 내가 상세하게 알 수 있듯이. 그들은 나에 대해 모르는 것이 없다. 내가 여가 생활을 어떻게 하는지, 어떤 음식을 좋아하는지 그리고 내가 잠자리에 드는 시간까지. 나와 친하지도 않은 사람들이 이런 사소한 것까지 자세하게 알고 있다는 사실이 너무나도 싫다. 나는 나만의 공간이 필요하다. 내가 뭔가 마음놓고 할 수 있는 작업 공간과 내가 조용히 생각을 할 수 있는 명상 공간이 필요하다. 숨쉴 공간이 없어 마치 찜질방에 앉아 있는 것 같은 느낌이 든다.

배짱도 실력이다

내가 주말마다 되도록 다른 곳으로 나간다거나 다른 학교에 다니
는 사람들을 만나고 싶어하는 주된 이유는 바로 이런 것들 때문이
다. 나는 남들이 내 사생활에 대해 아는 척한다거나 내가 무슨 생각
을 하는지 다 이해한다는 식으로 말을 하는 것을 가장 싫어한다. 때
로는 나 자신도 이해할 수 없는 '나' 이지 않은가. 나는 친구들에게
때로는 절친한 친구로 때로는 이방인으로 존재하고 싶다.

가난한 이들의 풍성한 이야기

점심값 이야기

"누나, 나 1달러만 빌려주라."

우리 학교에 데이비드라는 아이가 있다. 걔에게는 캘리포니아 대학 산타 바바라 캠퍼스(UC Santa Barbara)에 다니는 형이 두 명 있다. 한 사람 학비만 해도 최소한 1천 5백만 원이다. 산타 바바라 지역에서 방 하나짜리 집의 렌트비는 1백 20만원 정도 된다. 따라서 유학생들은 모든 것을 아끼려고 최대한 노력한다.

우리 학교는 사립이라서 정부의 지원이 전혀 없다. 그래서 점심 메뉴가 부

노스 캐롤라이나에 있는 농가의 모습.

배짱도 실력이다

실하면도 비싸다. 예를 들어 조그만 피자 한 조각이 1.5달러이고 콜라 한 컵이 50센트이다. 예전에 덴튼에 있을 때에는 그보다 싼 돈으로 푸짐한 점심을 먹을 수 있었는데. 데이비드가 하루에 쓸 수 있는 돈이 3달러인데 과자 같은 것을 사먹기 때문에 점심 값은 결국 2달러이다.

목요일 메뉴는 항상 서브웨이 샌드위치이다. 이 샌드위치는 가격이 비싸 2달러 75센트나 된다. 마요네즈를 많이 쓰기 때문에 굉장히 느끼하다. 나는 그 샌드위치를 좋아하지 않기 때문에 대신 늘 감자 튀김과 음료수만 마시곤 한다. 친구인 나라도 이것을 좋아하지 않기 때문에 항상 다른 것을 먹는다. 데이비드도 음료수와 감자 튀김만 먹었기 때문에 우리처럼 그 샌드위치를 좋아하지 않는다고 생각하고 있었다.

어느 날 주연이란 아이가 샌드위치를 두 개 들고 있었다. 나라가 물었다.

"주연아, 너는 어떻게 그 서브웨이를 두 개나 먹을 수 있니?"

"에이… 제가 어떻게 두 개나 먹어요. 이거 하나는 친구 주려고 산 거예요. 두 개 먹을 거면 차라리 데이비드 오빠한테 하나를 주지…."

"데이비드는 그거 안 먹어."

그 때 데이비드가 침묵을 깼다.

"먹고 싶은데… 돈이 모자라서 살 수가 없었어."

파이널 시험이 있었던 마지막 주에 내 친구 집에서 보냈다. 이 집은 데이비드가 사는 곳에서 가깝기 때문에 학교를 오갈 때 데이비드가 항상 차를 태워주곤 했다. 나는 그 대가로 하루에 2달러를 주었다. 나라가 말했다.

"집도 바로 옆이라면서 돈 되게 비싸게 받네."

"나도 그냥 공짜로 해줬으면 싶은데 내 사정도 말이 아니라서. 형이 하루에 점심 값으로 주는 돈을 1달러로 줄인대."

그 돈이면 점심 먹는 건 거의 불가능하다. 겨우 음료수 살 수 있는 정도이다. 데이비드는 형이 2주 간의 방학 동안에도 하루에 1달러씩 줄 거니까 그 돈 모아 점심 값으로 쓰라고 했단다.

사실 나라와 나도 하루하루 돈을 아끼기 위해서 무척 노력하는 처지라 걔를 절실히 이해할 수 있다.

"나라야, 너 부모님이랑 통화하면 무슨 이야기를 하니?"

"돈 얼마나 남았냐 라는 것으로 시작해서 돈을 어떻게 썼고 얼마나 더 필요할지 이야기를 하지. 정말 '돈' 이 아니면 할 이야기가 없어."

여기서 생긴 버릇이 있다. 상점에 들어가서 물건을 집었을 때 가격표를 먼저 보고 머리 속에서 한국 돈으로 환산하기. 그러면 집었던 물건 중에서 절반 이상은 다시 진열대로 돌아가게 된다. 정말 필요하지 않은 이상 사지 않는다. 좋은 점이라면 돈을 효율적으로 사용하는 방법을 배워가는 것이고 나쁜 점이라면 돈에 굉장히 민감해져 버렸다는 사실이다. 내 자신이 물질적인 것을 우선시하는 사람으로 변해가는 것 같다.

친구 집에서 사는 동안 거의 매일 저녁 밖으로 나가 음식을 사 먹었다. 음식을 만드는 것이 귀찮아서였다.

미국에서 음식을 사 먹으면 굉장히 돈이 많이 든다. 팁도 부담스럽고 말이다. 그런데 어느 날 집에 오는 길에 데이비드의 형이 이러는 거였다.

"한국인 교회랑 집도 가까우니까 가끔씩 한국인 교회로 오세요. 그 날 하루 배를 채울 수 있을 거예요. 남은 음식을 가지고 갈 수도 있고요."

데이비드네는 3명이 사는데도 한 달 식비가 1백 달러를 넘지 않는단다. 내 친구는 언니와 단 둘이 살면서도 식비로 들어가는 돈이 거의 4백 달러 정도인데 말이다.

데이비드는 일요일에 교회에서 먹고 남은 반찬들을 가지고 와서 냉장고에 넣어둔단다. 그렇게 일주일의 끼니를 해결한다고 했다. 나는 우리 아주머니가 매일 바꿔 해주시는 멕시칸 요리들이 싫은데 그런 음식들을 먹어보고 싶다나.

데이비드 집에는 전화가 없다. 전화비를 못내 얼마 전에 전화가 끊겨버렸기 때문이다.

어느 날 데이비드 형이 아침에 집 앞으로 와서 나를 데리고 가기로 했다. 그러면서 집을 나서기 전에 자기에게 전화해서 알려달라고 했다.

"저기요… 전화가 끊겼잖아요."

"아… 맞다… 깜박 잊었네… 아침 몇 시에 나오실래요?"

우리는 이렇게 하루를 산다. 한국에 있으면서 먹고 싶은 것들을 마음껏 먹던 시절은 이미 아련한 추억이 되어 있다. 그래도 언젠가 다시 예전의 그 모습을 찾을 수 있지 않을까?

배짱도 실력이다

겉과 속은 역시 달라

처음 이곳에 왔을 때 이 학교 아이들을 순둥이라고만 생각했었다. 마약 하는 아이들도, 사생활이 문란한 아이들도 없어 보였다. 일주일 내내 공부만 하고 주말에는 영화나 보고 음악이나 듣는 그런 아이들일 것이라고만 생각했다. 아이들이 순둥이처럼 보였던 것은 이곳이 가톨릭 학교이기 때문이었다. 마음에 들지 않는 학생들이 있으면 쫓아낼 권한이 학교에 있었다. 아이들은 그것이 두려워 겉으로 드러내지 않을 뿐이라는 것을 알게 되기까지는 그리 오래 걸리지 않았다.

이 학교에 온 첫 날 키가 큰 스티븐이라는 아이를 만났다. 친구들에게 말을 걸지 않는 것으로 보아 이 애도 이 학교에 처음 등교한 게 분명하다는 생각이 들었다. 나중에 들어보니 이 학교는 그 애가 다섯 번째 옮겨온 고등학교였다. 네 번째 학교에서는 마약을 팔다 들켜서 쫓겨났다고 했다. 그 말을 들을 때까지만 해도 애도 곧 나쁜 버릇을 고치고 이 학교에서 새롭게 생활해 나가겠지 하고 생각했다.

시간이 지나자 이 학교 아이들이 어떤 아이들인지 눈에 들어오기 시작했다. 그리 오랜 시간이 걸리지는 않았다. 학교가 워낙 작기 때문이었다. 이 학교의 11학년들은 나의 판단에 의하면 세 부류로 나눌 수 있었다.

첫 번째는 학교 규칙에 어긋나는 짓을 하는 부류. 스티븐이 전학 오자마자 친해지기 시작한 부류이다. 이들은 아주 무례하기까지 하다. 나는 이어북(yearbook·졸업 앨범) 편집을 맡고 있어 사진을 찍을 일이 많았다. 그러다 보면 이 아이들의 사진이 필요할 때도 있다. 나는 원래 이런 아이들과 있으면 마음이 불편했다. 그래도 어쩔 수 없이 다가갔다. 그런데 사진기 앞에서 가운데 손가락을 올린다거나 바닥에 침을 뱉는 등의 행동을 하니까 당황할 수밖에 없었다. 그밖에도 나쁜 말들을 해서 나의 자존심을 상하게 했다. 내가 미국인 친구들에게 이런 이야기를 했더니 그런 건 아무 일도 아니라고 했지만 화가 풀리지 않았다.

두 번째는 타인들에게 관심이 있는 아이들이다. 이 아이들은 신사적이고 착하다. 이 아이들은 예의를 지키려 하고 다른 이들에게 잘해주려고 한다. 그래서 나 역시 이들에게 호의적이다.

세 번째는 어느 쪽에도 속하지 않는 독립주의자들이다. 이 아이들은 착하기는 한데 조용하고 내성적인 경우가 많다.

스티븐은 이 학교에서 2달 정도 지내다가 결국 쫓겨났다. 친구들과 칼을 들고 장난을 치다가 경찰에게 체포된 것이다. 경찰은 개들이 누군가를 공격하려 한다고 생각했던 것이다. 개가 죄가 있든 없든 일단 문제를 일으켰으니 조용한 분위기의 우리 학교에서 좋아할 리가 없었다. 캘리포니아 주를 떠나야 할 거라는 소문까지 들렸다. 개는 자기 집 근처 고등학교로 전학을 갔다. 개는 숙제 많이 내주는 우리 학교를 떠난 것이 행복하다고 했다. 개랑 한 번도 친했던 적이 없었는데 로렌을 따라 놀러갔다가 잘 있으라는 포옹까지 해주고 왔더니 기분이 아주 이상했다.

스티븐이 우리 학교를 떠난 지 1달 정도 지났을까. 학교에서 세 명을 또 쫓아냈다. 마약과 폭력 문제로 경찰에게 잡힌 아이들이었다. 개들은 프랭크라는 아이와 어울리다 그런 짓을 저지르게 된 것이다. 프랭크는 작년에 우리 학교에 있다가 DP라는 골리타에 있는 학교로 전학을 간 아이였다.

그날 우리 학교의 제프리, 스카일러, 베일리는 프랭크와 함께 놀러 나갔단다. 그때 프랭크는 그들에게 마약을 팔려고 했는데 세 명은 공짜로 주기를 바랬단다. 친구 사이에 돈이 뭐냐면서 말이다. 프랭크가 안 된다며 거절을 했더니 우리 학교 애들이 '애가 공립 학교에 가더니 태도가 완전히 변했다' 면서 화를 냈다고 한다. 그러면서 당장 차에서 내리라고 했단다.

프랭크는 화를 내면서 그 차에서 내렸는데 마약을 두고 나온 것이 생각났단다. 그것을 안 프랭크는 차 안으로 다시 들어가려고 했다. 아이들이 차 문을 열어주지 않자 프랭크는 차 창으로 몸을 반쯤 넣었다. 마약을 집는 순간 애들이 차를 몰아 프랭크의 다리가 도로에 질질 끌려갔다. 다행히 그 순간 경찰이 그 광경을 목격해서 차를 멈추었기에 망정이지 아니면 더 큰 사고가 났을 것이다. 프랭크는 결국 전치 2주의 외상을 입었다. 이 사건으로 세 명은 퇴학을 당하고 각각 다른 고등학교로 전학을 간 것이다.

모두 첫 번째 부류에 속한 아이들이어서 속으로는 사라진 것이 기뻤다. 그렇지만 아주 강한 카리스마를 지닌 아이들이어서 사람들에게 강한 인상을 준다. 이런 아이들이 사라져 버리면 담에서 벽돌 하나가 빠져나가 버린 것 같은 느낌이 들기도 한다. 특히 제프리가 그랬다. 그는 나와 과학 시간에 같은 반 수업을 들었다. JC, 나, 제프리는 같은 조에 들어 있어 모든 활동을 같이 했었다. 걔가 떠나고 JC와 단 둘이 남으니까 허전한 느낌을 지울 수가 없었다.

얼마 전 DP 근처에서 제프리를 만났다. 버스를 타고 가고 있는데 제프리가 아침 일찍 학교로 걸어가는 것이 보였다. 근처에서 버스를 내려 걸었다. 제프리에게 차마 말을 걸지 못하고 멀리서 빤히 바라보기만 했다. 걔가 먼저 손을 흔들었다.

"너 학교 가니?"

 배짱도 실력이다

"어."

"DP로 옮겼나 보구나."

"그래, 너도 DP로 옮긴 거야?"

이미 걔가 그 학교에 다니고 있다는 것을 알고 있었으면서 왜 이 것 말고 다른 할 말이 없었는지 모르겠다. 예전과는 달리 어떤 벽이 우리 사이를 막고 있는 것 같았다. 다른 집단에 소속되어 있다는 것 때문에 생긴 느낌이었을 것이다. 함께 생활했던 시간들에 대한 막 연한 향수와 이제 볼 수 없다는 아쉬움이 없지 않았다. 그러나 다른 방향으로 각자의 길을 걸어가는 우리는 남남이었다.

깎이고 파여 자갈이 되어보자

교환 유학생의 자세

얼마 전 교환 유학을 갔다가 한국으로 돌아온 아이들이 모두 모였다. 아이들은 혼자 떨어져 지내다 보니 제 또래에 비해 정신적으로 성숙해져 있었다. 그 이면에는 나름대로의 시련과 고난이 있었고 이것들을 헤쳐 나가려는 강한 의지가 있었다는 것을 진심으로 이해할 수 있는 사람은 몇이나 될까.

교환 유학을 성공적으로 마치려면 스스로 원칙을 세우고 생활해야 한다. 내가 경험으로 알아낸 원칙은 4가지인데 그것을 소개할까 한다.

첫째 자신이 왜 유학을 하는지 목적을

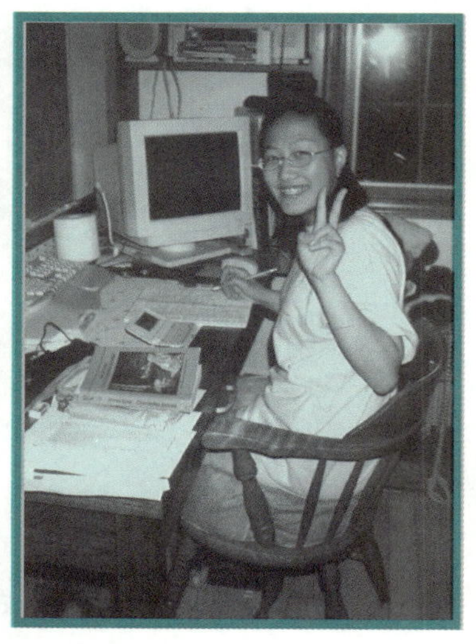

방에서 영어공부하는 중에.

재확인하고 항상 처음의 마음 자세를 가져야 한다.

처음에는 모두 미국에서 영어를 배우고 열심히 공부를 하겠다는 의지에 불탄다. 그러나 실제로 미국에 있는 많은 한국 학생들이 담배, 술, 마약이나 섹스에 빠져 있다고 한다. 보이지 않으니까 모를 뿐이다. 부모님께서는 타국에 있는 자식이 걱정되어 돈을 많이 보내주시면서도 어떻게 그 돈들이 쓰여지는지 신경을 쓰지 않는 경우가 많다. 그러므로 모든 것은 개개인에게 달려 있다. 자신의 목표가 분명하게 선 사람은 절대로 그 선에서 벗어나지 않는다.

두 번째 다른 나라의 문화를 먼저 이해하려고 항상 노력을 하고 적극적으로 다른 나라 문화를 수용해야 한다.

교환 유학의 목적은 다른 나라의 문화를 이해하기 위해서이다. 처음에는 나도 미국에서 한국인이 되기 위해 굉장히 노력을 했다. 걔들이 아무리 옷을 이상하게 입더라도 그것을 따라 하지 않겠다고 말이다. 그러나 그 사람들 눈에 내가 더 이상하게 비춰질 수도 있다는 것을 알게 되었다. 우리가 선입견이 있는 것처럼 그 사람들도 그것을 가지고 있다는 것을.

내가 한 번은 흰색 원피스를 입고 갔는데 걔들은 그것이 잠옷이라고 생각을 했다. 걔들은 원피스를 우리나라처럼 발목에 올 만큼 길게 입는 경우가 거의 없으므로 생긴 오해였을 뿐이었다.

나는 미국 아이들이 결혼 전에 '잠'을 잔다거나 아줌마의 딸이 이혼을 두 번이나 했다는 것을 듣자마자 '아니! 어떻게 이럴 수가' 하는 생각이 들었다. 처음에는 무조건 나쁘다고 생각했는데 그들도 그들만의 생각이 있었다. 이런 식으로 이해를 해 가니까 처음에는 문화의 차이가 굉장히 크다고 생각했는데 실은 공통점이 더 많다는 것을 알았다.

셋째 불안하거나 고독하거나 향수병을 느낀다면 활동을 더 열심히 하고 적극적이 되어야 한다.

한국 아이들이 처음 교환 유학을 가면 시골로 가는 경우가 많으니까 너무 심심해 한다. 도시 출신이 많으므로 이것을 견디기는 더 힘들다. 한 마디로 장시간의 고문이라고나 할까. 내가 처음으로 간 덴톤에 있는 집의 여건은 좋지 않았다. 가장 가까운 슈퍼마켓이 버스로 7코스 정도 되니깐 말이다. 할 일은 없고 정말 심심했다. 내 동생은 집에서 하는 일없이 잘 버틴다고 하지만 '할 수 있는데 안 하는 것'과 '아예 할 수 없어서 못하는 것'은 느낌이 아주 다르다. 또 우리 집에 아이들이 없었기 때문에 장난을 칠 사람이 없다는 것이 외로움의 원인이었다. 그러나 일부러 내 자신을 바쁘게 몰아붙이면 극복에 도움이 된다.

네 번째 친구와 싸웠거나 호스트와 관계가 나빠지는 등 인간 관계 문제 때문에 걱정을 할 필요가 없다.

미국인들은 상대방에게 화가 난 것을 잘 극복하는 편이다. 아무리 심하게 싸웠다고 하더라도 미안하다고 한 마디만 하면 다 끝난다. 정도에 따라서 시간이 길게 가는 경우도 있겠지만 우리나라 사람들처럼 오래 기억하는 일은 없다. 그러므로 미국인과 친구 사이가 되면 마음이 더 편한 경우가 많다.

 배짱도 실력이다

인생에는 언제나 시련이 따르는 법이다. 언제 어느 때에 다가올 지는 몰라도 말이다. 초등학교 때의 이야기가 생각난다. 처음부터 자갈은 없었다고 말이다. 우리가 바닷가에 있는 자갈들을 밟을 수 있는 것은 산 정상의 큰 바위들이 계곡에서부터 바닷가로 흘러와 물에 계속 깎이고 파였기 때문이라고.

길은 또 한번 굽이치는 법
교환 유학 후의 진로

나는 이제 캘리포니아 주립대 학생이 된다. 친구들보다 반년이 늦은 대학 입학. 그러나 그만큼 기대감은 크다. 처음 공립 고등학교 교환 유학을 마치고 한국에 돌아왔을 때 사람들이 물었다.

"다시 미국에 갈 거니?"

"아마도 그럴 것 같아요."

"어떻게?"

교환 유학은 더 많은 아이들에게 미국의 문화를 체험할 수 있도록 하기 위해서 만들어진 제도이므로 계약 기간이 10개월이다. 그 이상은 그 학교에 교환 학생으로 체류할 수가 없다. 특히 공립 학교로 교환 유학을 간 경우에는 이것이 더 엄격하게 적용된다. 그러므로 교환 유학을 가는 학생들은 5개월 정도 지나면 자신이 어떤 길을 갈 것인가를 결정하는 경우가 많다. 교환 학생들은 주로 다섯 가지 길 중에서 하나를 택하곤 한다.

첫 번째 한국의 중학교나 고등학교로 복귀하거나 검정고시를 통해 국내 대학에 가는 길이다.

내가 사우스 데이비슨 고등학교에 갈 무렵 같은 반에 있던 친구는 켄터키 주에 교환 학생으로 갔다. 그 친구는 미국에서 사는 것을 굉장히 싫어했고 대학은 한국에서 다니고 싶어했다. 그래서 토플 공부를 해서 높은 점수를 받아 놓고 일년 늦게 대학에 들어갈 생각을 하며 수능 시험 공부를 열심히 하고 있다. 요즘은 많은 한국의 대학에서 외국어 특기자에 여러 가지 전형 제도를 주고 있다.

2001년부터 한국의 중학교나 고등학교에 휴학을 하고 교환 유학을 떠날 수도 있게 법이 바뀌었다. 그래서 자신이 다녔던 학교를 휴학하거나 자퇴한 후에 복학해서 1년을 늦게 다니거나 같은 학년으로 들어갈 수도 있다. 미국에 있을 때 그 학교에서 수학한 것을 입증할 수 있는 서류들(미국 체류 증명서, 여권, 비자, 공립학교 재학 증명서, 미국 공립학교 성적 증명서, 교환학생 수료증)을 구비해 두는 것이 좋다. 한국에 돌아와 교육청의 전, 편입 담당자에게 제출을 해야 하기 때문이다. 교환 유학을 가는 시기가 너무 늦으면 대학 입학에 지장을 줄 수도 있기 때문에 신중하게 결정을 해야 한다.

두 번째 이제는 거의 공식이 되어 버린 정규 사립 유학이다.

공립 교환 유학은 1년까지만 가능하므로 1년 후 다시 정식으로 수속 절차를 밟아 사립 학교로 옮기는 경우이다.

정규 사립 유학 비용은 교환 유학에 비해 비싸기 때문에 부담이 크다. 학생들 대부분은 기숙사 생활을 하게 된다. 비용은 학교에 따라 차이가 나지만 최소한 2만 달러는 한다. 내가 살던 곳 근처에 케이트라는 미국의 명문 고등학교가 있었는데 학비가 1만 4천 달러, 기숙사비가 1만 달러로 합계 2만 4천불은 주어야 한다. 그러나 공립학교보다 우수한 교육 수준 그리고 나은 삶의 목적을 가진 아이들과 다른 나라 출신 친구들을 만날 수 있기 때문에 배우는 것이 많을 것이다. 내가 있던 시골 아이들 중에는 살아가는데 필요한 자극을 받지 못하고 뚜렷한 삶의 목적이 없어 대학을 안 가는 경우가 태반이었다.

또한 공립 교환 유학의 경우 호스트 가족들과 함께 지내야 하니까 눈치를 봐야 하는 부분이 많다. 그리고 호스트 가족들과 자신의 시간을 나누어야 하는 부분도 많다. 그러나 정규 사립 유학의 경우 기숙사에서 지낼 수 있으니 자기만의 시간이 많다. 친구들의 말에 의하면 고등학교 기숙사에는 굉장히 규칙들이 많다고 한다. 저녁 식사 시간, 아침 식사 시간, 취침 시간이 정해져 있는 경우가 많으므로 규칙적인 생활 습관을 익히기가 좋다고 한다. 그러나 차가 없으면 기숙사에만 틀어박혀 살아야 하기 때문에 지겨워 하는 친구들도 많다. 그리고 미국의 공휴일 기간, 즉 크리스마스 방학이나 부활절 방학 같은 때에 문을 닫는 기숙사들이 있어 갈 곳이 없는 경우가 생겨 당황하기도 한다.

요즘 실제로 교환 유학을 정규 유학 전에 영어 실력을 향상시키고 미국 문화 적응력을 높이는 준비성 유학으로 보는 사람들도 많다고 한다. 그래서 교환 유학 후에 가는 정규 유학을 미국, 캐나다, 호주 같은 영어권으로 하는 사람들이 많다고 한다.

셋째 사립 고등학교 교환 유학 프로그램이다.

보통 교환 유학은 공립 학교로 가는 것이 대부분이지만 내가 갔던 회사의 경우는 처음부터 사립 학교와도 연계가 되어 있어 원한다면 그곳에서 교환 학생으로 생활을 할 수가 있다. 그러나 나의 경우는 사립 학교로 가는 것이 공립 학교로 가는 것보다 더 비싸고 혹시라도 중간에 유학을 그만둘 경우를 대비해서 공립 학교를 가게 된 것이었다. 그리고 두 번째 해에 사립 고등학교 교환 학생 프로그램에 신청을 해서 가톨릭계 고등학교에 입학해 그 학교에서 졸업장을 받았다.

사립 교환 유학을 선택하면 초기부터 마칠 때까지 재단의 학생 관리 시스템 안에 있게 된다. 또 공립 학교가 아니기 때문에 시민권이 없는 학생들도 기간 연장이 가능한 장점이 있다. 내가 지불한 돈은 학비와 음식 그리고 집에 머무는 비용을 모두 합해 1만 7천 달러였는데 보통 사립 고등학교에 비한다면 굉장히 싼 가격이라고 할 수 있다. 정

노스 캐롤라이나의 던함에 있는 듀크대학.

규 유학을 할 경우에는 보딩 스쿨의 형태로 기숙사에 살지만 교환 유학 프로그램은 미국의 자원봉사자로 등록된 호스트 가족의 가정에서 생활하므로 항상 도와줄 수 있는 사람이 있다. 그래서 미국 문화와 언어를 익히는데 굉장한 도움이 되지만 호스트 가족들과 잘 어울리지 못할 경우에는 굉장히 스트레스를 많이 받게 된다.

사립 교환 유학을 선택할 경우는 무작위로 선출되는 경우가 많은 공립 교환 유학과는 달리 자신이 원하는 지역과 학교를 선택할 수 있고 자신이 원하는 시설과 조건에 맞는 학교를 선택할 수 있다.

네 번째 미국의 2년제 주립 대학인 커뮤니티 칼리지(Community College Program)를 가는 것이다.

미국의 커뮤니티 칼리지는 정부 보조에 의해 운영되는 2년제 주립 단과 대학으로 각 카운티마다 최소한 하나씩 있다. 입학하는 데 최소 5백 점 이상의 토플 점수가 필요하다고 한다. 그러나 미국에서 몇 달 지낸 후에 시험을 치면 모든 영역의 점수가 올라가기 때문에 점수가 어느 정도 나오니 그리 걱정할 필요가 없을 듯 하다.

커뮤니티 칼리지는 4년제 대학에 비하여 가격이 싸다. 캘리포니아에 있는 커뮤니티 칼리지들은 외국 학생들에게 한 과목 당 3백 달러~4백 달러 정도의 돈을 받는다. 그러므로 12과목을 공부한다 하더라도 5천 달러 미만이다. 그에 비해 사립대의 학비는 거의 2만 5천 달러 정도 한다. 주립대는 사립대보다 가격이 저렴한 편이지만 캘리포니아 주립대의 학비는 2만 달러에 가깝다.

커뮤니티 칼리지에 가는 학생들은 두 부류이다. 돈을 절약해서 대학을 가려는 학생이나 고등학교 성적이 좋지 않아 이곳에서 공부를 한 후 4년제 대학으로 편입을 하려는 학생들이다. 내 친구는 UC davis에 합격을 했지만 UCLA로 가고 싶어했기 때문에 커뮤니티 칼리지로 가버렸다. 이곳은 유학생들이 학점을 쉽게 딸 수 있고 높은 학점을 받기가 쉽다. 따라서 2년 과정 이수 후 명문 대학 3학년으로 편입할 수 있는 가능성이 매우 높다고 한다. 특히 UC 계열의 학교들은 커뮤니티 칼리지와 연계가 잘 되어 있다.

대학마다 커뮤니티 칼리지에서 학생을 뽑는 과도 있고 없는 과도 있다. 예전에 코넬대에 메일을 보내 물어보았더니 건축학과와 미술학과에서만 커뮤니티 칼리지 출신의 학생을 뽑는다고 했다. 가기 전에 대학에 먼저 물어보고 결정을 하는 것이 중요하다. 대학 1,2학년의 성적은 환산이 되기 때문에 졸업을 할 때 다른 학생들과 비교를 할 경우 여러모로 유리할 수도 있다. 그래서 4년제 대학 졸업 후 취업이나 대학원 입학 등 진로 결정에 도움이 될 것이다.

교환 유학 제도는 원칙적으로 졸업 자격이 주어지지 않는다. 그래서 일부 커뮤니티 칼리지에서는 11학년으로 교환 유학 프로그램을 마친 후, 대학 과정을 공부하면서 동시에 9학점 정도를 추가로 이수하여 고교 졸업 자격 학점(High School Diploma)을 취득할 수 있는 프로그램을 제공하기도 한다.

다섯 번째 GED는 한국의 대학 입학 검정고시와 같은 것으로 이

시험을 통과하면 고등학교 졸업 자격증(General Educational Diploma)이 주어진다. 물론 대학 입학을 위해서는 ACT, SAT 등 추가로 요구하는 시험을 치러야함은 물론이다. 한국에서 검정고시를 본 학생의 경우 한국의 교육청에서 검정고시 확인서와 점수표를 영문으로 발급 받아 미국의 대학에 보내면 된다.

미국의 대학들은 외국의 검정고시를 인정해 주는 추세이나, 학교에 따라서는 검정고시 출신은 아예 안 뽑는 곳들도 있으므로 반드시 사전에 해당 대학에 한국의 검정고시(KGED) 자격증으로 지원이 가능한지를 물어보아야 한다. 주립 대학들은 GED를 인정하지만, 통상적으로 미국의 50위 내의 주요 대학 중에서 하버드, 콜롬비아 등 사립대학들은 특별한 예외가 아니면 검정고시 출신을 받아주지 않는다. 주립 대학 중에서도 좋은 축에 속하는 대학들은 2년제 혹은 4년제 다른 대학에서 공부한 뒤에 2,3학년 때에 편입하도록 하고 있다.

캘리포니아 주에는 CHSPE 제도가 있다. CHSPE는 캘리포니아 주의 검정고시 같은 것이다. 이것을 통과하면 고등학교 기간을 단축시킬 수 있으므로 장기적으로 굉장히 이익이 된다.

한국의 명문대 학생들은 인기있는 학과에 가는 것이 보통이지만 미국의 학생들은 자신이 원하는 대학에서 자신이 공부하고 싶은 학과로 간다. 나는 미국에서 많은 사람들이 사양하는 인문 계열의 '역사' 를 공부할 것이다. 그리고 역사에 관계된 일을 하면서 다른 사람들과 더불어 살아가려고 한다. 이제 내가 살아갈 모습이 점점 더 구체화되는 듯하다. 다시 '시작' 인 것이다.

  예전에 어떤 책을 읽었는데 '길은 자신에게 알맞게 바꾸어 만들어 나가는 것' 이라는 말이 있었다. 내가 살아갈 길이 어떻게 변할지는 모르겠다. 요즘 시간이 너무 빨리 흐르는 것 같아 내가 이때까지 무엇을 하고 지냈나 하는 후회도 많이 든다. 보이지 않는 미래가 한 겹씩 벗겨져 나가는 것 같다. 예전 같은 두려움은 없다. 호기심이라면 모를까.

foreign student
Foreign Student
America
English

배짱도 실력이다

초판 인쇄 _ 2003년 8월 6일

초판 발행 _ 2003년 8월 15일

지은이 _ 박혜림

펴낸이 _ 이철원

펴낸곳 _ 리즈 앤 북

등록 _ 2002년 11월 15일

주소 _ 137-070 서울시 서초구 서초동 1337-11 삼우빌딩 4층

전화 _ 02)521-1772 ㈹

팩스 _ 02)521-1775

이메일 _ riesnbook@naver.com

ISBN 89-90522-08-0 (03810)

* 이 책에 대한 무단 전재 및 복제를 금합니다.

* 잘못된 책은 구입하신 서점에서 바꿔 드립니다.